琼 瑶

作品大合集

却上心头

琼瑶 著

作家出版社

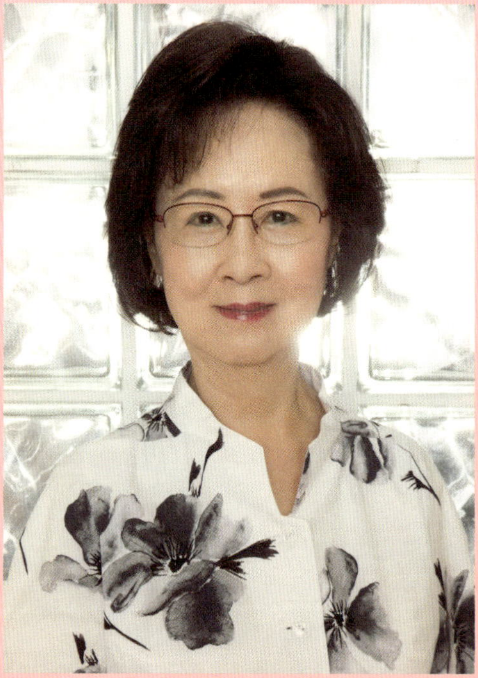

琼瑶，本名陈喆，作家、编剧、作词人、影视制作人。原籍湖南衡阳，1938年生于四川成都，1949年随父母由大陆赴台生活。16岁时以笔名心如发表小说《云影》，25岁时出版首部长篇小说《窗外》。多年来笔耕不辍，代表作包括《烟雨蒙蒙》《几度夕阳红》《彩云飞》《海鸥飞处》《心有千千结》《一帘幽梦》《在水一方》《我是一片云》《庭院深深》等。

多部作品先后改编成为电影及电视剧，琼瑶也因此步入影视产业。《六个梦》系列、《梅花三弄》系列、《还珠格格》系列等，影响至深，成为几代读者与观众共同的记忆。

琼瑶以流畅优美的文笔，编织了众多曲折动人的故事。其作品以对于梦的憧憬和爱的执着，与大众流行文化紧密结合，风靡半个多世纪，成为华文世界中极重要的文学经典。

我為愛而生，我為愛而寫
文字裡度過多少春夏秋冬
文字裡留下多少青春浪漫
人世間雖然沒有天長地久
故事裡火花燃燒愛也依舊

瓊瑤

第一章

夏迎蓝坐在那冷气十足的大办公厅里，刚刚从街上带进来的满身燥热，已经消失无踪，两只裸露的胳膊，反而感到几分凉意。她下意识地拉拉衬衫领子，贯注精神，去打量那坐在大办公桌后面的董事长。

这董事长很像董事长，两鬓斑白，近视眼镜，挺直的鼻梁和一张坚毅的嘴。在桌上，有块黑底金字的名牌，刻着"董事长：萧彬"等字样。夏迎蓝就坐在他书桌对面的一张皮椅中，正被这位萧彬董事长从头到脚地观察，他手中握了一沓卷宗，显然是她的一切资料。他看看资料再看看她，将近十分钟了，始终就没说过话。噢，夏迎蓝心中暗暗感叹着，要找一个职业居然这么困难！一星期以来，她已经见过这家"达远贸易行"的组长、科长、副理、经理、总经理秘书、总经理，以至这位董事长。不过是个秘书缺，居然要闯五关，斩六将，本来嘛，她刚来应征的时候，就有一百多位都是大学毕业的学生来竞争，她考过英文信件、打字、中英文阅读能力、中英文写作能力、应对能力，居然还做过一次智力测验！简直比大专联考还难！

"嗯，夏小姐！"那董事长终于开了口，把痴坐在那儿呆想的夏迎蓝吓了一跳，她慌忙坐正身子，正视萧彬。

"你家在台中，为什么到台北来找工作呢？"萧彬问。语气和声调都非常平稳，非常慈祥，那镜片后面的一对眼睛虽然敏锐，却也温和。"我认为在台北比较容易找事。"她坦白地回答，"尤其我读的是职业学校，受过职业训练，如果不能学以致用，也相当可惜。""你一分钟可以打八十个字，并不容易啊！"

"这并不是我最好的成绩，"她笑笑，"在学校里，我曾经打过一百以上。我还有很好的珠算本领，但是，"她再笑笑，"我参观过你们公司，仿佛一切都电脑化了，我的珠算大概也英雄无用武之地了！"萧彬斜靠在椅子里，拿起桌上的一支签字笔玩弄着，带着种感兴趣的表情，他很好奇地望着面前这个女孩。那么年轻，履历上写着二十岁，才从高职毕业。有对明亮的大眼睛黑白分明，长而黑的睫毛向上微翘，使她整个面容都笼罩在一种充满青春气息的明媚里。眉毛黑而修长，嘴唇红润而小巧，实在是个"相当美丽"的女孩，那直直披泻毫无润饰的头发,更增加了她几分纯纯的、甜甜的味道。萧彬知道她为什么能通过那么多关,被推荐到他面前来了。她美丽!美丽往往是个比才华更占优势的条件,使人一见面就有"好感"。爱美,是每一个人的天性!他微笑起来,更深地注视她,笑着说:"你似乎很有把握,你会被我们公司录取。""哦,并不。"她又笑了,她很爱笑,笑容中有种动人的天真,"但是,我猜,那么多报名的人中间,能够有幸见到董事长的并不多。""是不多,"他紧盯着她,"只有八个!"

"噢。"她一怔,脸上的阳光立即消失了一半,笑容就被一阵乌云所遮盖了。她很快地、直率地表示了她的失望和惆怅:"原来只有八分之一的机会!我还以为……我是唯一的一个!唉!"叹了口气,她垂下的睫毛忽然又飞快地扬了起来,希望重新在眼睛中闪烁:"那么,萧董事长,你有权淘汰其他七个人!""你认为你比其他七个都强吗?"萧彬敏锐地问。

"是的。"她肯定地说。

"噢,你并不谦虚啊?"

"在竞争中,不需要谦虚,只需要能力!"

他沉思地看她,她脸上有股热切的神情。

"你很需要这份工作吗?"他沉吟地问。

"是啊!我既然舍得离开父母来台北,当然希望找到一个好工作。""家里要你赚钱吗?""不。我家虽然过

3

得很节省，但是并不贫穷，我父亲教中学，妈妈教小学，我还有三个在求学的弟妹，父母的负担很重，可是，他们却不要求我赚钱养家，只要求我'独立'。当然，如果我能赚很多钱，寄回去一部分，会让我自己觉得有份骄傲感和成就感。""你知道，"萧彬心里的欣赏在加重，神色上反而显得平淡了，"我见过的女孩中，有很多都是家境贫寒、生活清苦，她们更需要这份工作来赚钱养家！"

"哦。"她脸色变了，眼底有一丝近乎"反叛"的光芒在跳跃，"我以为你要找一个能干的女秘书，并不知道你在开救济院！"她站起身来，抓起椅子上的皮包："那么，我不打搅你了，你时间宝贵，我也宝贵，我还要去立标水泥公司！"

"立标？"他怔了怔，"你去立标干什么？"

"他们在征聘打字员！我想，我一定会被录取。希望他们不在开救济院！""等一等！"萧彬正色说，"你似乎不知道，立标公司也是我们的！""噢！"她惊呼，眼珠瞪得圆滚滚的，惊异地打量萧彬，点了点头，"难怪……韶青已经告诉过我，你是个大企业家，又尖锐又能干又难缠！这工作还是不来应征为妙。不过，你的企业网绝对不能伸向台北每个角落，我总有路走的！"

她把皮包甩在背上，挺潇洒的。微往上仰的小下巴，有股"初生之犊不畏虎"的傲气。她身材修长，腰肢纤细。萧彬看着她，咬了咬嘴唇。"韶青是你的男朋友吗？

为了他你才来台北吧？"

"对了一半。"她说，"我正和他同居在一起。"

"嗨！"他微微吃了一惊，"你不觉得你的年龄太小了吗？你不觉得这样做太大胆？"

"我不相信你那么道学，也不相信你这么保守。不过，我说过你只对了一半，韶青和我同租了一间公寓，她不是男人，而是女孩，只比我大一岁，在中华航空公司做地勤。她家也在台中，和我是先后同学，也是好朋友……"她忽然住了口，惊奇自己在不知不觉中说了这么多，"好了，既然被淘汰了，也不必这么详细地介绍我自己。我要走了。"

"怎么知道你被淘汰了？"萧彬抬抬眉毛，"我说过你被淘汰了吗？"她一怔，站住，回头，扬起了睫毛，什么话都不说，抿紧了嘴唇，怀疑地看他。"你知道工作的性质了？"他正色说，"你要整理我的档案、拆信、看信、回信、答复订货单、接电话、打字、处理我的见客时间……唔，你还要先熟悉我的朋友、家庭和来往客户……慢慢来吧，总要一两个月才能上轨道。明天早上九点就来上班，你的办公室在我办公室的隔壁，单独的一间。现在起，你算达远的正式人员，如果需要用钱，可以先到会计处去领半个月薪水，我们以一万五千元起薪。先不要太高兴，我出高薪，是因为工作繁杂，你必须很努力工作才行。"

她默然了几秒钟,睫毛闪了闪。

"你……你不是说有很多人比我更需要这工作的吗?"

"是的,"他微笑着,"可是我这儿不是救济院!"

她又怔了一会儿,忽然明白过来,她翩然转身,面对着他,扬起眉毛,神采飞扬:"你是说,我被录用了?"

"是的。""可是……可是……"她居然结舌起来,"为什么选择了我?""要我直说吗?""嗯。""你的能力,你的傲气,你的敏锐,你的年轻,再加上你的美丽……所以,你得到了这个工作!"

她微微一愣。"美丽也是录取条件之一吗?这不太公平吧?容貌是与生俱来的。""怎么?"萧彬很有兴味地研判着她。"你不会在为那些容貌不及你的人抱不平吧。"

"有一些。"她笑了,笑容里有份坦荡荡的温柔,"谢谢你'以貌取人',我该写封信回家,也谢谢爸爸和妈妈。"

萧彬也笑了,正要说什么,桌上的按键电话"嘟嘟嘟"地响了起来,萧彬伸手去接,忽然住了手,转头望着她:

"试试你的第一件工作,接一接这个电话!"

她大踏步地冲到桌边,取下耳机,看到那电话机上有个小灯闪呀闪的,她生平没用过这种电话,不禁对着那电话机发起呆来,萧彬淡然一笑:

"这是第五号电话,你要先按下五号的白键,才能接通。"

"哦！"她按了键，脸微微一红，好一个有能力的秘书小姐，连接电话都不会！她避开他那带点嘲弄的眼光，把电话机按在耳朵上。"这儿是达远贸易公司董事长室，请问您找哪一位？"她清脆地问。"我……我……我找董事长！"对方是一个女性，语气颤抖而带着哭音，声音却又柔又嫩又细致。

她怔了怔，这电话来得颇为怪异！

"请问您是哪一位？"她很"秘书"地问。

"我……我是祝采薇呀！"对方略惊愕又略有嗔意，"你是新来的秘书小姐吗？""是的，是的。"她慌忙说，"请等一等！"她捂住听筒，转向萧彬："有位名叫卓采梅的小姐找你，她好像在哭呢！"

"卓采梅？"萧彬比她还糊涂，皱起眉头寻思，忽然恍然大悟，他接过了听筒，对她说："这是第一课，祝采薇，庆祝的祝，蔷薇的薇，记清这个名字，她是我的儿媳妇，也是全家的宠儿。现在，你出去吧，明天早上九点来上班！去吧，我要和她谈谈！""谢谢！"她微笑弯腰，很快地转过身子，翩然地走出房间，她知道，最好不要介入董事长的家务事。

走出董事长室，她长长地松了口气，外面是间会客室，然后有条走廊，两边分别是办公厅，都是高级职员的办公室，什么总经理室、副总经理室、外销科长室、内销科长室等等，当然，最靠近董事长室的，是一间董事长秘书室，至于总经理副总经理，几乎都有秘书室。夏迎蓝抽了口气，真没想到，自己居然也挤入这个台北名企业家的公司里来了。她径直走向楼梯，这栋大厦全是萧家的产业，一楼二楼在经营建筑公司，三四五六七八楼分别是达远周边公司的办公室，九楼十楼就全是达远贸易公司的了。九楼是大办公厅，大约有好几百的员工在办公，十楼就是高级职员和董事长室了。

她按了电梯的按钮，电梯从一楼往上爬，她抱了抱皮包，心情喜悦而激动，等待着电梯的来到。电梯到了，里面出来了几个手抱卷宗的职员，分别去找他们的上司了。她走进电梯，正要按钮，有个职员不知道打哪个房间里冒出来，对着这边大喊："电梯！等人！"她本能地按住10号钮，心里有些模糊的好笑，那人喊"电梯，等人！"实在有些滑稽，好像电梯能听人说话似的。她等着，那人冲进来了，手里抱着一大堆的文件卷宗，额上冒着汗珠，一走进门，就叽里咕噜地说：

"这也不对，那也不对，这些经理老祖宗真会折腾人！"

她看看这位"同事"，不禁怔了怔，好一张年轻的脸庞！浓眉、大眼、棕褐色的皮肤，一八〇以上的身高，简直像个电影明星，不去演电影，跑来这儿抱文件，实在是浪费天然资源！她瞪他，发现他也在瞪她。

"喂,"她先开口,"去几楼?"

"你去几楼?"他反问。

"一楼。""那么,我也去一楼。"

她看了看他手中的卷宗。

"你下班了?"她问。"没有呀!才上午十一点,怎么能下班?"

"那么,你去一楼干什么?"

"送你呀!"他坦率地瞪大眼睛,"我是交际科科长,有客必送。""哦,"她失笑了,"我不是客。"

"当然,你是董事长新聘的女秘书,对于董事长的女秘书,我也有义务送一送。""噢,"她扬扬睫毛,"你怎么知道我被聘用了?"

"我看过所有应征者的照片,你最漂亮。不过,我没想到你比照片还漂亮,当然,你录取了!是吗?"

"嗯。"她答应着,心里有些不安起来,"你是不是在暗示我,董事长很……很……""好色?"他代她答了出来,爽朗而明快,"这不是他的缺点,这是所有男人的缺点!你不用顾虑这个,他只是喜欢漂亮女孩,不会动歪脑筋。"

"你怎么知道?""我知道。"他正色点点头。

"你跟了他很久吗?""嗯,很久了。""你看来还很年轻呀!"

他耸耸肩,笑笑,眼睛很黑,牙齿很白。黑人牙膏真可以找他拍广告！她想着，电梯停了。

她走出这幢"达远大厦"，那交际科科长也跟出了大厦，双目炯炯地看了她一会儿。

"告诉我一件事，"她好奇地开口，"你知不知道我前任秘书怎样了？""肚子大了，不干了！"

"噢！"她吓了一跳。"别紧张，她结了婚，当然会有小孩。"

"哦，我以为董事长只用未婚小姐。"

"本来是未婚，干了一年就结婚了，嫁给董事长的弟弟当续弦。""很美吗？"她问。"当然。董事长选秘书一定要选漂亮的！他说，早上来上班，如果面对一张夜叉脸，会让人工作情绪降低，你不知道，再前一任的秘书才真漂亮，一进公司让所有男职员眼睛发直……"他打量她，从头看到脚，叹了口气，非常惋惜似的，"坦白说，你虽然漂亮，和她一比，就比下去了。"

"哦！"她咬咬嘴唇，"现在呢？她去哪儿了？"

"当然也结婚了，女人最后都走这条路！她现在是董事长的儿媳妇！""啊！"她惊讶地低呼了一声，忽然想起刚刚接过的那个电话，"她姓卓……不不！是祝，祝采薇，是吗？"

"哇！"这回轮到他来惊讶了，"你认识？"

她摇摇头，却故作神秘地抿了抿嘴角。

"要当董事长的私人秘书，当然要了解他的私人状况和家庭情形。""你都知道了吗？"他惊奇地问。

"不，"她坦率地说了，"一无所知。"

他笑了起来，再度上上下下地打量她，眼中似乎含着某种深意，这注视使她不安了。

"你在看什么？""看——你将来会成为董事长的什么人！"

"你——"她挑起眉毛，恼怒地跺了跺脚，有种被侮辱了的感觉，"你把人看得太扁了！我保证，我只当女秘书，决不会嫁给董事长的任何人！"

"别说得太早了，一连三任的女秘书，都成了萧家人，你——大概也注定了！""我跟你赌！"她急切地说。"赌什么？"他眼光深沉。"我赌你三年之内，会嫁到萧家去！""决不会！"她斩钉截铁。"我跟你赌定了！"

"赌注是什么呢？""你说什么就什么。"她慷慨而坚决。

"我说——"他拉长了声音，"赌注是你和我！"

"怎么说？"她困惑地扬起睫毛。

"你输了，你嫁给我！"他说得一本正经，"我输了，我娶你！"她脑筋转了转，顿时满脸绯红。瞪着他，她怒形于色。气得脑中昏昏的，真大胆啦，台北的男人！这科长和她不过是第一次见面，竟轻薄如此！不知道达远的其他科长、组长、经理……又会怎样？她越想越气，咬紧了牙根，她从齿缝里迸出一句话："做你的大

11

头梦!""哦?"他神情忧郁,眼底有抹受伤的神色。"你以为我在讨你便宜?"他问,"唉!你错了,这是一种恭维,一种从心底里冒出来的恭维。""怎么呢?"她又被弄糊涂了,睁大眼睛看他,忽然发现他有种超越他外形的成熟和某种悲哀,这神色使她大为困惑,他有股独特的吸引力,那眼神,那嘴角,那轻蹙的眉梢,和那沉甸甸压在手腕上的大沓卷宗……

"有几个人在第一次见面就会说这种话?"他问,语气落寞,"你不必生气,不必觉得受了欺侮,我看过你所有的资料,你每次来应试,我都在注意你,从没见过比你更优秀的女孩。我曾经希望你别被董事长选中,可是,也知道你必然会被他选中。你以为电梯里是巧遇吗?不,我是有意等在那儿的。你瞧!"他耸耸肩,"我都招了,我想,一个小科长是不会引起你的注意的……"他转身往大厦中走去。

她呆了呆,困惑中更加困惑,蓦然,她又有另一种被侮辱的感觉了。"喂喂,"她胡乱地喊着,"你别走!"

他站住,慢吞吞地回过头来。

"你的意思是说,我是个势利鬼?"她问。

"我没说。"他闷闷不乐的。

"唔。"她吸了口气,眯起眼睛看看他,被他的忧郁和落寞打动了。"你叫什么名字?"她温柔地问。

"大家都叫我阿奇,你也叫我阿奇吧!"

"阿奇？"她皱皱眉梢，"怎么这么古怪，听起来像'阿嚏'，你又不是七矮人里的喷嚏！"

他忍不住笑了。这笑容将他的落寞扫走了一半。

"从没有人这么说过，"他说，"奇怪，我在家里大家这么叫我，在学校大家也这么叫我，上班后大家还是这么叫我。喷嚏，哦，我懂了，我渺小得像个喷嚏！"

"少胡说！"她有些生气地噘噘嘴，"你这人犯了种病，叫'自怜症'，你应该去看心理科医生！"

他的笑容倏然消失。"你说我心理变态？"他阴沉地问。"是！"她掀掀眉毛，"你年纪轻轻，当到科长，你还要怎么样？"他盯着她，用舌头润了润嘴唇，慢吞吞地开了口："我骗你的。达远根本没有交际科，也轮不到我当科长，我只是个送文件的工人。"

"哦？"她惊讶地睁大眼睛。

"现在，你该轻视我了吧？"他小心翼翼地问，观望着她的神情。"不不不！"她急促地说，"当工人也不可耻，我告诉你，我初中毕业的暑假，还去冰果店当过小妹呢！"

"你在安慰我？""不不！"她更急促、热心、坦率地看着他，"我是说真话。你不要丧气，不要这么没信心，你一表人才，又漂亮，又帅，又能言善道，我相信，你还是很能干的。你这种人，不会被埋没，总有出人头地的一天！"

他的脸蓦地涨红了，一层羞愧、尴尬和得意混合起来的复杂表情，闪过了他那黝黑的眼珠。他似乎被她赞美得狼狈起来了，仓促地，他转身就往大厦跑，一面跑，一面很快地说了几句："谢谢你的赞美，我怕我会骨头一轻，就像气球一样飘到天上去了。所以，我走了！"

他钻进了大厦，很快地消失了。

夏迎蓝站在路边，仍然望着他的背影发呆。阿奇，多怪的称呼，怎么会有科长被称呼为"阿奇"呢？她早该知道他不是科长的！她摇摇头，摇掉了阿奇，又想起了那双鬓斑白、眼神锐利的董事长，和她获得工作的经过……哎哟，这是多刺激的一个早上呀！她要回去，她要迫不及待地告诉李韶青！有关董事长、卓采梅……不不，祝采薇……还有阿奇！

她兴奋地招招手，叫住一辆计程车。

整个晚上，夏迎蓝和李韶青就叽叽咕咕地说个没完。李韶青不算非常漂亮，但她有极好的身段，有一六五厘米的身高，她又很懂得化妆，穿上中华的制服——旗袍，就别说有多动人。因此，总公司几度想游说她当空中小姐，她就是不肯，怕高，怕晕机，怕端着盘子摔跤。她和迎蓝在学校里就是无话不谈的好友，她先毕业，来台北找到工作，才费尽口舌，说服了迎蓝的父母，把迎蓝也弄到台北来了。

现在，她们躺在床上，韶青听着她又说又盖，那萧彬被描绘得像个国王，阿奇却像个中古时落魄的武士，听着听着，她就笑了起来。"迎蓝，你知道你很会夸张吗？"

"不夸张，"迎蓝说，"绝对不夸张。"

"你呀，"韶青翻了个身，用手拨弄迎蓝额前新长出来的短发，"你爱看电影，爱看小说，喜欢把人生每一件事，都弄得很戏剧化。事实上，你去应征，考试，面试，然后见董事长，录取了。然后有个小职员想对你好，殷勤送下楼来，就这么简单的一回事。被你说得像个传奇故事，一会儿是科长，一会儿又变成工人。我打赌——他在和你开玩笑！""打赌？"迎蓝转着眼珠，又想起和阿奇的"赌"来。"你看这个傻蛋，他说如果他输了，他就娶我。多不通！如果他输了，我不早就嫁给萧家人了吗？他还怎么娶我？哎呀哎呀，"她恍然大悟，"他大概从头到尾在拿我开玩笑呢！等着瞧吧，再遇到他的时候，我非整他一下不可！你不知道当时情况，他一会儿嘻嘻哈哈，一会儿就变得又悲哀又沮丧……"

"迎蓝！"韶青柔声叫，"你没有对他一见钟情吧？"

"胡说！"她一愣，"怎么可能？我从不相信一见钟情这种鬼话！爱情是需要时间一点一滴来培养的！"

"可是，整晚你都在谈阿奇，他多漂亮，像电影明星；他多滑稽，叫电梯等人；他多可恶，开你玩笑！"

"噢！"迎蓝翻了个身，不安地扭了扭身子，"我只是觉得他很怪异而已。""'怪异'两个字包括很多东西呵！"韶青笑着说，"最起码，他引起了你的注意。""引起我注意的事才多呢！"

"例如……""例如那前三任女秘书都嫁进了萧家，例如那祝采薇会哭着去打电话给公公……喂，"她一翻身又面对韶青，大眼睛睁得骨碌滚圆，"你看，可不可能祝采薇爱的是萧彬，而不是那儿子……""哎哎哎！"韶青喊，"你编故事吧！大可编得再复杂一点！"

"我不是编故事！"她一本正经，"我告诉你，那萧家一定有很多故事，我跟你赌！"

"又来了！"韶青笑，"动不动就要跟人赌，总有一天赌输了，把自己输给别人当老婆！"

"你说，你说，你说！"迎蓝伸出手去，在韶青腋下和腰间一阵乱搔，韶青笑得满床打滚，气都喘不过来了。一面笑，一面开始反击，也搔了过去，这下轮到迎蓝在满床翻滚，大笑不已了。两人都笑得披头散发，床单睡衣全皱成了一团。两人闹够了，闹累了，这才起床，重新整理被单，抚平枕头，精疲力竭地躺了回去。"不闹了，"韶青说，"你明天要开始上班，上班第一天最累，早些睡吧！""是。"迎蓝躺在床上，合上眼睛，忍不住又开了口，"韶青，你那个驾驶员怎么样了？"

韶青转过身子，紧闭了一下眼睛。

"别提，迎蓝，我不想谈。"

"唉！"迎蓝轻叹了一声，"如果他跟太太离了婚，你肯嫁他吗?""我说了,我不想谈。"韶青眼睛闭得更紧,睫毛慢慢地湿了。"好,不谈了。"迎蓝也翻了一个身,和韶青背对背地躺着。迎蓝关掉了床头灯,眼睛仍然睁着,半晌,她才叽咕了一句话,"我真不知道三年后,或者五年后,我们会是什么局面。未来,是每个人必须面对的神秘。我真想拿一面镜子,看到我们每个人的未来!"韶青没有接话,她睡了。迎蓝想着她和那个驾驶员,那段无望的爱情,人类怎么总发生类似的事情,"相见恨晚",自古就有的成语,既然命定相见,为何要"恨晚"?她想得迷迷蒙蒙,终于睡着了。梦中,她看到自己披着白纱,走向结婚礼堂,是董事长牵着她的手,把她送给新郎,新郎是谁?她努力想看清楚,只看到新郎的背上,有个闪闪发光的"萧"字,她惊惶回头,一眼就接触到阿奇的怒目而视,那眼睛里盛满了仇恨,盛满了悲哀,盛满了落寞,还……盛满了鄙视……她大大一震,就从梦中惊醒了。她全身都是汗,睁开眼睛,她看到天色已经蒙蒙发亮了。

　　上班之后,她很快就忘记了昨夜的梦。这是一个忙碌而紧张的上午,她首先必须认识公司里的高级职员,于是,张总经理、李副总经理、会计处沈处长、赵处长、何处长……以至每科科长。她仔细观察,确实,就没看到什么交际科。倒有个人事科,科长姓龚,是个身材矮胖、头顶全秃,笑起来像弥勒佛的好好先生。绝不是那个高大、英爽、浓眉大眼的年轻人。整个上午，在拜会握手中结束，因为没去楼下的大办公厅，她也没见到阿奇。下午，她又忙着了解自己的工作，和公司的工作情况，这才知道，达远的进出口不过是许多公司中的一项，但它庞大的营业范围内包括许多生产方面的卫星公司，例如建材公司、水泥公司、建筑公司、纺织加工，还有个手工艺品公司和玉石公司。出产的东西，外销内销都有，几乎都集中到达远来处理。所以，达远最忙碌的一处是会计处，无数的会计师，无数的外务员。

下午，也这么忙忙碌碌地过去了，接了许多电话，看了许多上一任秘书留下的工作和待复的信件，她把自己能力所及的优先处理掉，忙得晕头转向，最后，快下班的时间，她才捧着一沓需要董事长亲自签名的信件，送到董事长面前去。

萧彬已经准备离开了，看到她进来，就重新坐下，他很仔细地阅读了一遍她的回信，抬头略带惊奇地看她。

"你比我预期的还好，我想，你绝对可以胜任这份工作。"他拿起笔来签名，再抬头看她，"今天很累，是吗？这是因为你对工作环境太不熟悉的原因。等你上了轨道，你会发现这工作还很轻松。""我听说——"她没经思索，冲口而出，"你的秘书都干不长。"他掀起眉毛，近视眼镜后面的眼光变得十分锐利。

"一个好秘书，最开始要学的，就是不道听途说。"

他的声音有些冷峻。"我没道听途说,是有人成心要告诉我!"她本能地自卫起来。"是谁?"他皱着眉问。

她几乎供出了阿奇,但是,脑筋一转,她觉得必须保护阿奇了。笑了笑,她说:"一个好秘书,第二件要学的,是不向老板打小报告。"

萧彬瞪了她几秒钟,接着,嘴角一卷,就笑了起来,边笑边说:"好好,不错,不错!最起码,我碰到一个能和我针锋相对的人了。不过,记好,别养成习惯!"

她笑着接过信件,转身退出,她知道,萧彬给她留了面子,也暗示她不可忘记自己的身份。秘书秘书,什么叫秘书?一个高级女佣而已,她有些悲哀起来。

整天,阿奇就没露过面,第二天也没有,第三天也没有。而且,也没有什么"怪异"的事发生。她居然有些若有所失。那么大的办公厅,大家虽然同楼办公,见不到面却是很普通的事。她发现她几乎和同楼的几位经理,碰面的机会也不多。

第四天早上,她终于见到了阿奇。

她上班很早,老板和经理几乎都没来,她在整理办公桌,把裁纸刀、胶纸、订书机等应用器具整齐地排列在桌上,她正低头忙着,一声门响,阿奇就闯了进来。

他的头发乱蓬蓬的,眼神却神采奕奕地闪着光。一件很随便的米色衬衫,下面是条已经洗得褪了色的牛仔裤。不知怎的,他越是穿得简单,越显得出他本人的英爽。他很快地走近她,说:"中午下班后,我请你吃午饭!好不好?"

"好!"她答得爽气,"你这几天躲到哪里去了?"

"我没躲,"他拉长了脸,一副苦相,"我在楼下,你在楼上,你属于董事长级,我只是个起码级,要见你一面,比登天还难!""别胡说!"她轻叱着,"大家是同事,还分什么等级!"

他耸耸肩。"小姐,"他嘲讽地说,"你对人情世故了解得太少了!你天真得还像个中学生。"门外传来电梯的声音,阿奇惊跳起来。

"不行!我要溜了,给董事长发现我在这儿,我就会被炒鱿鱼了。"他冲到门边,打开一条缝,对外张望一下,回头又抛下一句,"十二点整在大门口等你!"

他打开门,匆匆忙忙地跑了。几乎是立即,迎蓝桌上的叫人铃响了。她马上走去敲了敲董事长的门。

"进来!"她走进去,萧彬眼光灼灼地盯着她。

"刚刚是谁在你房间里鬼鬼祟祟?"

反感立刻就抓住了她。她有些懂得阿奇所说的"等级"观了。尤其,那"鬼鬼祟祟"四个字,实在是很刺耳。

"没有人在我那儿'鬼鬼祟祟',"她抗拒地说,"是楼下一位职员来随便谈谈。""楼下的职员?"他很敏感,"叫什么名字?"

"不知道!"她更反感,"我相信,即使我知道名字,你也不会知道这名字是谁，你的职员实在太多了！"

他看了她一会儿。"你在暗示我不关心他们吗？"

"我没暗示什么，我只是说事实。"她迎视着他的目光忽然说，"你知道王立权吗？"

"王立权？"萧彬愣了愣，"他是我的职员吗？"

"他不是吗？"她反问，挑战似的看着他。

"王立权，王立权……"萧彬沉思着，努力搜寻记忆，"很熟的名字，哦，我想起来了，是楼下大办公厅里的人！"

"在哪一科呢？"她继续问，像个考试官。

第二章

"在……在……在……"萧彬想不出来,突然恼羞成怒了,他蓦地抬起头,垮下脸,皱起眉,很威严地说,"你在干什么?考我吗?我凭什么该知道王立权在哪一科?我的公司加起来,职员工人有好几万,我还得知道他们的出身、名字,和所属科组吗?你去办公吧,不要没事找事了!"

她咬住嘴唇,受伤的感觉又把她包围了,她转过身子,一语不发地往外走,心里想:这就是董事长,他的权力是,答不出问题可以骂人。"没事找事"是她找他的事呢,还是他找她的事?她越想越委屈,眼睛就红了,她走到门口,正要转门柄,身后忽然传来一个柔和的声音:

"等一下。"她站住,用手背很快地擦了擦眼角。

"你没哭吧?"他的语气变得很温和。

"没有!"她倔强地回答,迅速地转身,抬起那湿润润的睫毛,勇敢地看着他。他仔细注视了一下她的眼睛。

"出来做事,不像在家里,"他关怀地、安慰地,几乎带点歉意,"总要受点小委屈,嗯?"

她不答,沉默地站着。面无表情。

"现在,请你告诉我一件事。"

她被他的低声下气打动了,脸上的冰在融解。她闪了闪睫毛,被动地问:"什么事?""那个王立权,到底在哪一科?"

她呆了呆,脸红了。"不在任何一科,"她轻声说,嘴角往上翘了翘,想笑了,声音轻得像蚊虫,"那是我顺口胡诌的名字,我想,公司里不会有这么一个人!"

他睁大眼睛,瞪着她,那样满面惊愕和不相信的表情,使她顿时提高了警觉,玩笑开得太大了,在他又"恼羞成怒"之前,还是先走为妙。她飞快地点了点头,飞快地打开房门,飞快地说了句:"我还有好多事,我去办公了。"

她飞快地走出去,飞快地关上门,又飞快地钻进秘书室去了。整个上午她都很担心,怕萧彬找她麻烦。但是,一切都风平浪静,萧彬什么麻烦也没找,当有必需的时候,她拿文件进去,他也只是用一种若有所思的眼光看着她,那眼光很深沉、很"怪异"。终于到了中午下班的一刻,她略微收拾了一下,就跑了出去。阿奇果然在大厦门口等着她,他拉住她的手腕,把她一下子就拉得远远的,离开了那些同时间下班的职员的视线,他们默默地走了一段,他才问:"想吃什么?"她看看他乱糟糟的头发,再看看那条已褪色的牛仔裤。她知道"生活艰难"的滋味。

"吃牛肉面!"她说。他很敏感地注视她。"你不是在帮我省钱吧?"他怀疑地问,"我请得起你吃牛排。""中午吃牛排?"她大惊小怪的,"你少驴了!你不晓得女孩子怕胖吗?我只想吃牛肉面!""好!"他轻快地耸耸肩,"牛肉面,咱们去川味牛肉面馆,转角就有一家,很有名呢!"

于是,他们去了牛肉面馆,在一个角落上的雅座中坐下来,他点了牛肉面、粉蒸排骨、油饼,和一些小菜,点完了,他才问她:"你吃不吃辣呀?""吃!"她急忙点头,"很爱吃呢!"

"是的,我应该猜到。"他笑了,一对眼睛黑得发亮,"你的脾气里就有辣味,闻都闻得出来!"

她也笑了,说:"好鼻子,嗅觉灵敏!"

"哇!"他叫,"你在骂我是狗!"

"谁说的?"她睁大眼睛,"我骂了吗?"

"你骂了!"他紧紧地盯住她,"你的眼睛在骂,你的笑容也在骂!""唔!"她哼了哼,"不只嗅觉好,眼力也不错！"

"好！"他再叫，"你又骂我是猫！"

她用手掩住嘴，笑不可抑。

"你这人真怪，"她边笑边说，"怎么别人每说一句话，你就当作是骂你呢！""我有毛病，该看心理科医生！其实，"他脸色一变，正色说，"我真的看过心理科医生。"

"哦？"她注视他，"为了什么？"

"就为了我的嗅觉、视觉和听觉的问题，别人看不见的我都看得见，别人听不到的我都听得到，别人闻不到的我也闻得到，例如——"他深抽了口气，"你很香，可惜我说不出香水的名字，穷小子对这方面比较孤陋寡闻。"

"错了！"她胜利地喊，"我从不用香水！"

"嘘！低声一点，"他神秘地说，"如果我连这份超人的嗅觉能力都成了问题，我会更自卑了。"

她怀疑地瞅着他。"你到底有没有说正经话的时候？"她问，"你从一开始就和我乱盖，我现在根本弄不清楚你什么时候说真话，什么时候说假话！老实说，我本来想再见到你的时候，要好好整你一下。""是吗？"他认真地盯着她。"怪不得……"他咽住了。

"怪不得什么？"她忍不住追问。

"怪不得我这几天心神不宁、茶饭不思，上班的时候尽做错事，一心一意想往十楼跑……原来是你在整我！"

她扬着眉毛，瞅着他，又好气，又好笑。但，在好气与好笑的感觉外，还有种暖洋洋的感觉。像被一层温暖的海浪柔柔地托住，轻飘飘的。"能不能谈点正经的？"她想板脸，不知怎么，就是板不起来，笑意不受控制地从她眼角唇边满溢出来。

"好。"他回答，目不转睛地凝视她。

"告诉你，"她找话题，"你早上来我办公室，害我被董事长剋了一顿！"他吃了一惊，面容严肃了。

"他骂你了吗？他又没看到我，我溜得好快！"

"他听到了，他的耳朵也很灵。""哦，他怎么剋你？"她把去董事长室的经过重复了一遍，在她的叙述中，她看到他不住地忍笑，最后，当她说出没有王立权其人时，他竟忍不住大笑特笑起来。笑得那么由衷的欢愉，那么满脸的阳光，那么精神焕发而神采飞扬……再没有忧郁，再没有落寞，再没有消沉和自卑……老天哩！她心中暗暗惊叹着，他是多么具有吸引力啊！牛肉面送来了。他终于止住了笑，眼睛亮晶晶地盯着她，然后，他叹了口气，低下头去。乌云蓦然飞来，他望着面碗发呆。"怎么了？"她问。"哦，"他如梦方醒，抬起头来对她勉强一笑，很快地说，"没事，没事，我只是觉得……"他摇摇头，"不说了，你会生气！""不生气，"她慌忙说，"保证不生气，我最怕别人说话说一半。""我觉得……"他正经地凝视她，低叹着，"我已经太喜欢你了！"她的脸发烫，低下头去，她一心一意地吃面，好像饿得什么似的。她不敢抬眼看他，只是埋头猛吃，好不容易把一碗面吃完了，她偷偷地抬眼一看，他居然和刚才一样，一瞬也不瞬地盯着她，他面前的牛肉面，完全没有动。

"你怎么了？"她扭捏起来，脸更红了，眼睛也水汪汪了。"你吃面呀！""我……不饿。"他低声说，仍然盯着她。"告诉我一些你的事。"她柔声说，在他那热烈而专注的凝视下，觉得心跳都不规则了。"你瞧，"她用舌头润润嘴唇，"我对你的了解那么少，连你姓什么都不知道，你是哪里人？你住哪里？你家在什么地方？你的全名是什么？总没有人姓阿名奇的！"他惊跳了一下，面容立刻又变得古怪起来。他不再盯着她了，他注视着面碗，状如痴呆。

"我不想谈我自己。"他机械化地说。

"为什么？"她的声音更柔和了。"你依然认为我是势利的、崇拜权势的人？阿奇，"她轻声说，"不管你是什么出身，我都不嫌你。""不管什么出身吗？""是的，不管。"她坚决地点头。

他鼓起勇气来，抬眼看她。

"那么，我告诉你，起初，一切都很平凡，我父母双全，有一个哥哥，我是家里的小儿子，我哥哥很优秀……"他停止了，痴痴地看着她。"说呀！后来发生了什么变故吗？你家败了？破产了？还是发生了……更糟的事？"

他猛地把头一摇。"我不说了！"他重重地吸气，眼光里涌起一抹乞求的神情，他几乎是痛苦地开了口，"你肯不肯不盘问我的过去和家世，只跟我交朋友？如果你一定要问，我会……逃开，逃得远远的！"她瞅了他好一会儿。然后，她伸出手去，温柔地把手压在他那放在桌面的手上，她觉得他的手颤抖了一下，她安慰地、鼓励地说："我不再问你，我喜欢和你交朋友。"

"那么，明天中午，我们还一起吃饭？"

"可以。"她点点头。他再瞅着她，诚恳地点点头：

"总有一天，我会把一切都告诉你！"

她摇摇头，微笑着："不必勉强，我反正做最坏的想法。"

"哦，"他哽了哽，"例如？"

"例如——你杀过人，你是逃犯，你晚上裹条毛巾睡在火车站……你根本无父无母无兄无弟……你是孤儿，半流浪似的长大，可能偷过、抢过……"

他看她，面部肌肉微微痉挛，嘴角紧闭成一条线。

"真没想到，你有那么好的想象力。"他终于说，"你还漏了一件事：我吸毒！""什么？"她一震，"真的吗？"

"当然是假的。我强奸过三个女孩！"

"什么?"她又一震,"真的吗?"

"当然是假的!我只是在帮你想那些'最坏'的事。唉!"他叹气摇头,"夏迎蓝,夏迎蓝!"他沉吟地说:"你太纯洁了!你太嫩了,你太天真了,你对于'坏事'也了解得太少了!所以,不要为我去绞你的脑汁吧!"他看看表,"时间真讨厌,是不是?""怎么?""你该去上班了,我也该去上班了!"

"你在哪一科?"她忽然问。

"不属于公司正式编制,我属于每科都可以调用的人员。甚至于,我连办公桌都没有一张,我总是跑来跑去。"

"有这种人员吗?"她怀疑了。

"看样子,你对公司了解得还不够深!你最好去问问你那位董事长,有没有我这种人?"

"阿奇,"她怔怔地说,"我怀疑一件事!"

"什么事?""我想……我想……你大概根本不是达远的人!这附近全是办公大楼,有几百个公司,你根本不知道是哪家公司的!"

"哗!"他叫,脸涨红了。他付账,拉着她走出餐馆,笑意又飞上了眉梢:"这回,猜得有点谱了,说不定我还是哪家公司的董事长呢!"她对他从头到脚看了一遍。

"那可不像!"她说。"人不可貌相哟!"他的兴致又高了,"你是我遇到过的人里面最会幻想的!""你是我遇到过的人里面最神秘的。"

走进了大厦,他把她送到电梯口:

"我还要去办点事!明天中午见!幻想小姐!"

她愣了愣,他不上楼?为什么?她不想了,对他点头微笑,她答了一句:"好,明天中午见,神秘先生!"

就这样,连续无数个中午,她都和阿奇一起度过,他们不只吃了牛肉面,几乎吃遍了附近所有的餐馆。阿奇对他自己仍然谈得很少,迎蓝也下定决心不追问他。可是,她发觉他常在付账时略有困窘,他的服装也越来越名士派,她就经常抢着付账了。他也不和她争,大大方方地让她付。她是更加欣赏他了,欣赏他的幽默,欣赏他的对话,欣赏他的反应,更欣赏他那深深沉沉长长久久浑忘天地的注视。阿奇,啊,阿奇!她内心深处,总有那么个声音在低呼着这个名字,好像这名字已经用熨斗熨在她心脏上一般,挥之不去,抹之不去,就连上班时,这名字也在她心脏上熨帖地潜伏着。

另一方面,她的秘书工作已进入轨道,正像萧彬说的,并不过分忙碌。她最困难的一件工作,是分辨他的客人的重要性和预排时间。往往,萧彬会有些不速之客闯上门来,例如,萧彬的太太就来过一次。迎蓝曾经认为,老板的太太一定架子很大,一定很难侍候,谁知全然不同。那是个贵妇人,集雍容华贵、安详慈蔼于一身。她虽然已不年轻,却依旧动人,风度翩翩,举止优雅,谈吐更是柔和慈祥而善解人意。迎蓝见到她的那天，萧彬正在房内和一个重要外商决定一笔大生意，所以萧太太就在秘书室待了很久。她始终用一种温柔的微笑注视着她，亲切地和她谈天，一点也没给她增加负担与压力。"迎蓝，"她直呼她的名字，亲切得就像是她的姨妈或姑妈，"我听萧彬常常谈到你，早就知道你聪明伶俐，可是，真没想到你还这么小，这么纯，这么安静……"

"我不安静，"她脱口而出，"董事长总是警告我，不要忘了自己的身份。""他会这样说吗？"萧太太有些惊愕，很认真的惊愕，"他真的警告你吗？"迎蓝歪着头想想，笑了。

"不，只有暗示。"萧太太很有趣地注视她，唇边浮着笑容。

"你不只聪明，而且很敏感！其实，当秘书并不坏，你等于是董事长的左右手。你知道吗？"她忽然笑了，眼睛里蒙上一层美丽的光彩，面颊上也绽放着一层淡淡的红晕。老天！迎蓝暗想，她年轻时一定美得"要命"！"我的名字叫徐海屏，很多年很多年以前，我是萧彬的第一任秘书！"

"哦！"迎蓝吃了一惊，睁大眼睛注视她。

"那时候，整个公司只有一间八个榻榻米大的办公厅，所有的职员，连我只有三个人。"她调过眼光来看她，微笑得更甜了，"好好干，迎蓝，萧彬不是那种古板、爱摆架子的老板，他还很有人情味。至今，他并没有忘记他艰苦奋斗、三餐不继的日子，所以他特别爱帮助穷苦的、自食其力的年轻人！不只帮助，他几乎有些崇拜这种人，这是自我欣赏的移情作用。"

她心里一动，看着这老板娘，想起了阿奇。不知道萧彬肯不肯提拔阿奇？她打赌，阿奇如果真是达远的人，萧彬也不会记得这名字。于是，几天以后，她向萧彬很自然地提起了阿奇。

"董事长，你认得一位名叫阿奇的人吗？"

"阿奇？"萧彬似乎吓了一跳，但是，他立刻就恢复了镇定，歪着脑袋沉思，然后反问，"是不是一个不修边幅，年纪很轻，整天吊儿郎当，晃来晃去的家伙！"

迎蓝的脸涨红了，一来因为董事长确实知道此人，二来由于他对阿奇那些"不公平"的评语。

"就算是他吧！"她哼着说，"他在哪一科？"

萧彬皱起眉头："怎么，你又来考我了？"

"不是，"她慌忙接话，脸更红了，"我只是好奇，想弄弄清楚。""他……"萧彬深思着，"他好像是周边的人。"

"周边？"她有些糊涂。

"不属于达远的人事编制里，不过，常被达远调用，那家伙有他某方面的能干，只是定不下心来做事。"

"哦？"迎蓝心中一松，原来阿奇跟她说的是真话！

她正想代"阿奇"求求情,却发现萧彬眼光锐利地盯着她,似乎要看透她,看到她内心深处去,连她心脏上熨帖的字迹都看到了。"你好像和阿奇很熟?"他尖锐地问,"当心,你涉世未深,不要随便和男孩子交朋友!"

她的"反感"顿时发作,像刺猬般竖起了浑身的刺。

"我交朋友不在秘书戒条之内吧!"

"当然不在。"萧彬仍然紧盯她,眼神里竟闪着两小簇嘲讽的光芒。"你爱上他了吗?"他一针见血地问。

"不干你的事!"她哼着,转身要走。

"你不觉得发展得太快了吗?"萧彬在她身后说,"我奉劝你眼睛睁大一点,要对人看清楚一些!"

她倏然回头:"你的意思是说,那男孩子是个坏蛋!"

他转过身子去,点燃一支烟,慢吞吞地抽烟,吐烟,他的脸罩在烟雾底下:"我永远不会这么说!"

"你心里在这么说!"她任性地顶嘴。

"喀!"他清了一下喉咙,"你还有事要报告吗?"

这就是"逐客令",也就是"出去"两个字的代名词。她微微弯腰,退出房间。心里在愤愤不平。第二天中午,她仍然和阿奇吃饭,对这件事,她却只字不提,她怕更加伤害了他的自尊,也怕泄露了自己的感情。"要对人看清楚一些",萧彬的这句话,已不知不觉地印在她脑海中,她那天特别对阿奇从头到脚地"看清楚",看了不知道多少遍,看得阿奇浑身不安了。"喂,喂,"他喊,

"我头发上有毛毛虫吗?"

她笑了:"没有,你的头发有点自然卷,像卷毛狗。"

"你是不是爱护动物协会会长?"他惊奇地问。"怎么?""你好像对于狗啦、猫啦,特别感兴趣。"

"哼,"她哼了哼,"我倒希望你是只狗或者猫!"

"怎么?""我就——不会受到注意了!"

"你——"他微微一震,"受到谁的注意了?"

"唔,"她摇摇头,"事实上没有。只是有人警告我要认清楚你!""哦!"他不安地在椅子上蠕动着,"那警告你的人可能自己对你有野心!"她睁大眼睛看他,想起萧彬,想起萧太太,不!不会。她摇摇头,又想起"女秘书"的奇妙地位,萧彬娶了第一任女秘书,前三任的女秘书又都嫁到萧家……那萧家也真奇怪,别人收集邮票,收集蝴蝶,收集古董……他们家却收集女秘书!

这天中午,她说的话很少。他也反常地沉默,总是若有所思地瞪着她,又若有所思地在点菜纸上,用原子笔有意无意地写字,她伸头去看,竟是李清照的两句词:

"此情无计可消除,才下眉头,却上心头!"

她心里一震,瞪着他:"你在干什么?"他的脸蓦然一红,把桌子上的字条一把揉皱了丢掉,他对着她勉强地笑了笑。"知不知道'作茧自缚'这个成语?"

"知道。""唉!"他叹口气,眼光又怪异起来,"人,常常会作茧自缚,尤其是感情事件!"她溜了他一眼,他的神情多么沉重啊！为什么呢？他的眉头锁得多紧啊，为什么呢？她多想抚平那眉峰的皱纹，多想抹掉他脸上的乌云啊！她握着茶杯，呆呆地看他，他有心事！他不再嘻嘻哈哈，不再玩世不恭，不再连珠炮似的说俏皮话……他有心事！"阿奇！"她喊了一声。

"嗯？"他抬头看她。"你在担心些什么？"他隔着桌子，握住了她的手，欲言又止。终于，他放开她，站起了身子："再说吧！"他说，"今天晚上，我送你回家好不好？我有些话，不能不对你说了！"

她模糊地涌上一阵恐惧感，自己也不知道为什么。只敏感地体会到，她和阿奇的"友谊"关系即将冲破，再迈过去的未来，可能不是光辉灿烂的阳光，而是阴云欲雨的天气。她战栗了一下，蓦然有"山雨欲来风满楼"的感觉，这使她更加困惑了。不过，即将来临的总会来，她一定要接受自己的未来，不是吗？她注视着他，笑了。

"好，晚上下班等你！如果你愿意，我要把你介绍给韶青，我和韶青常谈起你，我们背后都称呼你是'神秘的阿奇'。"

他苦笑了一下，低声自语了一句："只怕阿奇脱下那件神秘外衣，就什么都没有了。"

她没听清楚他在哼些什么，伸头去看他："你说什么？""没说什么！"他们走出餐厅，去往达远大厦。一路上，他们几乎没有交谈什么。直到分手时，他才说了句：

"五点半在大街转角处等你!"

"转角处?""是的,大门口太招摇了!你……已经是董事长面前的'红秘书'了!"他走了,她回到秘书室,心里涌满了疑惑,精神是忐忑不安的,情绪紧张得像一根拉紧了的弦。她自己也不知道在紧张些什么,脑子里一直在记挂着五点半的约会。

这天下午很漫长,但是,大约在下午三点钟,却发生了一件大大的意外。当时,董事长正在招待贵宾。她在秘书室里,准备了点心和咖啡,叫小妹送了进去,正要用电话问萧彬,需不需要她进去招呼。突然间,她觉得房门发出一声巨响,她愕然回头,秘书室的门已经被撞开了,有个横眉竖目的陌生人直冲了进来,他满脸杀气,来势汹汹,迎蓝立即意识到不妙,看来是抢劫。她本能地冲到书桌前面,拦住了当中的抽屉,因为里面有些应急的款项。同时,大声地问:

"你是谁?你要干什么?"

那人直接冲到她面前,伸头面对着她,眼睛对眼睛,鼻子对鼻子,他呼出一口气,她马上闻到一股冲鼻的酒味,原来,他还是个酒鬼!"你是新来的秘书吗?"他开了口,声音倒是清晰的,他的眼光阴沉,却有种咄咄逼人的威力。他留了满下巴的络腮胡子,穿了件T恤,肌肉结实地凸出来,他很凶恶,可是,也充满了某种男性的力量。"你叫什么名字?"他命令似的问。

"夏迎蓝。"她不由自主地回答，背上冒着凉意，怀疑他身上有带武器。"夏迎蓝！"他不屑地哼了一声。用手捏住了她的下巴，把她的头硬给抬了起来，他冷峻地看她："你预备嫁给萧家的什么人？说！"她大吃一惊，完全莫名其妙。

"我不嫁给萧家的任何人！"她说，"你放开我！你是谁？"

"不嫁给萧家的任何人？哈哈哈哈！"他纵声狂笑，笑容里充满了轻视，充满了嘲笑。"哈哈哈哈！不要让我笑破肚子，萧家专娶女秘书，你难道不知道……"

这阵混乱惊动了整个十楼，第一个冲进房间的是萧彬，第二个是总经理，然后，有更多人冲进房间来。

"住手！"萧彬大吼，因为那陌生人已快扭断了迎蓝的脖子，"你又跑来干什么？黎之伟，你找姓萧的麻烦，别找到不相干的人身上，放开她！"

那陌生人非但没有放开她，反而一把扭住了她的手腕，把她手腕用力一扭，就转到了她身后，她痛得从鼻子里吸气，眼泪都快掉出来了。然后，她觉得有一样冰冷的东西顶住了她的脖子，是把刀！是把很尖利的小刀，她已感到那皮肤上的刺痛。"你们都别过来，谁过来我就杀了她！"那人威胁地说，她的手臂又被用力一扭，更痛了。

"黎之伟，"萧彬喊着，显然有些焦灼了，"你要些什么？你明说！""我要——"那黎之伟一个字一个字咬牙切齿地说了出来,"我要——你的女秘书!"

"她没惹你吧！她根本不认识你！"萧彬急促地说。

他用力把她头发一拉,她往后仰,和他面对面了。

"现在,"那人清清楚楚地说,"请认识我,我姓黎,名字叫之伟,之乎者也的之,伟大的伟,听到了没有？听清了没有？"他再扯她的头发,她被动地仰着头,咬牙不吭气,只是瞪眼看着他,他抬起头,对萧彬咧嘴一笑:"好了,她已经认识我了。我要把她带走!"

"你疯了！你喝醉了？"萧彬喊,"你敢带她走,我马上报警说你绑票！""悉听尊便！"他嘲弄地答了一句,把迎蓝的胳膊用力捏住,盯着她的眼睛:"跟我走!"

"我不跟你走!"她冷静地说,奇怪自己在这种恶劣的情势下,还能如此冷静,"我不认识你,我不要跟你走,即使你用刀子,也不行。""你这个傻蛋!"他破口大骂,盯着她,"你已经飞进一张天罗地网里去了,你马上要被萧家的金钱、权势所诱惑了,然后,你就失去了你自己,你就什么都认不清了……啧啧,你以为萧家看上你的能力吗？他们只是收集美女而已！偏偏……"他的眼眶发红,目眦欲裂,"就有你们这种拜金的、下流的女人自投罗网！我要毁掉你这张脸……"他举刀在她眼睛前面飞舞,刀光闪得她睁不开眼睛。她有些怕了,相当怕了,她已没有能力来思想、来应付。那亮的刀一直在她眼前晃来晃去，擦过她的鼻子，又贴住她的面颊，她把眼睛紧紧地闭了起来。忽然，她听到一声熟悉的大吼：

"放开她！你伤了她一根汗毛，我会把你追到地狱里去！"

她睁开眼睛，立刻看到阿奇，他狂怒地冲过来，一脚就对黎之伟持刀的手踢过去。黎之伟迫不得已，甩开了她，就拿刀面对阿奇，两人迅速地展开了一场搏斗。她滚倒在地下，惊心动魄地看着这场面，情不自禁地喊：

"阿奇，小心他的刀！"

黎之伟掉头看她，咧嘴哈哈大笑。阿奇趁这个空当，扑上去抱住了他的身子，抢下了那把刀，立刻，达远的人一拥而上，把黎之伟紧紧地压住，又用一根电线，把他绑了个结结实实。阿奇马上转向了迎蓝，把她从地上扶了起来，他掀起她的衣袖，她整只胳膊都又红又肿又瘀血，他吸了口气，再去翻开她的衣领，用手指摸了一下，她这才感到脖子后面的刺痛。"他真的弄伤了你！"阿奇怒声说，跳起来就要冲向黎之伟。萧彬立即拦住了他。"你还要做什么？你没看到他喝醉了吗？事情闹成这样已经够了，不要再扩大了。阿奇，你送迎蓝去外科那儿看看，然后送她回家去休息。这边的事，由我来处理！"他抬头对所有的人说："大家都去做自己的事吧，这儿没事了。"

阿奇扶着迎蓝，看着她。

"你怎样？能走吗？""我很好。"她用手理了理凌乱的头发，惊魂甫定。她再看了一眼躺在地上的黎之伟，这一刻，他一点都不凶恶了，他脸上有种令人震撼的悲痛和愁苦。他的眼光默默无言地看着她，眼神中混合着绝望和沉痛。她从没见过这样彻底的悲哀，从没看过这样彻底的绝望，这使她震动而迷惑了。忘了他刚刚曾用刀子对付她，也忘了他怎样凶神恶煞似的扭伤她的胳膊。她觉得他像只被捕的猛兽，有种英雄末路的悲壮。这让她受不了，她走了过去，蹲下身子，开始解开那绑住他双手的电线。阿奇站在一边，默默地看着，却并不阻止她的行动。

萧彬脸上有股奇异的表情，也默默地看着。室内其他的人，都已经散了。她费力地解开了那些束缚。黎之伟从地上坐起来，斜靠在墙边喘气，一语不发地瞪着她。

她瞅了他一会儿，然后，她站起身来，走向阿奇。

"我们走吧！"阿奇像从梦中惊醒过来一般，扶着她的肩，他们走出了秘书室。走进电梯，她靠在墙上，开始感到浑身每个骨节都痛，而且头昏脑涨，心情莫名其妙地抑郁。

叫了一部计程车，他们去了外科医院，医生仔细地看了，只有一些外伤。包扎之后，他们又走出医院，叫了车，直接驶往迎蓝的公寓，一路上，迎蓝都沉默得出奇。直到走进迎蓝的房间，由于时间太早，韶青还没下班，室内只有他们两个。她倒进了沙发，这才开口：

"黎之伟是什么人？""他……"他坐在她身边，握住了她的手，深切地注视她，"他是祝采薇的爱人！""哦！"她震动了一下。

"他爱祝采薇爱得发疯，从没看过那么固执的爱。祝采薇嫁到萧家去之后，他就半疯半狂了。天天酗酒，常常跑到萧家或者是达远去闹。今天，是你倒霉，莫名其妙卷进这风暴里。"她凝视他，想着黎之伟，想着祝采薇，想着黎之伟那绝望悲痛到顶点的眼光。她没见过祝采薇，但她听过她的声音，那柔柔嫩嫩的声音，她猜，祝采薇一定柔得像水、美得像诗。她想得出神了。他紧盯着她，看着那对眼珠变得迷迷蒙蒙起来。他用手指细细地梳理她的头发，小心地不碰到她脖子上的伤口，然后，他发出一声深深的、热烈的叹息，就把她拉进了怀里。

他的嘴唇碰上了她的。她有好一阵的晕眩。那男性的胳膊环绕住了她的腰，他慢慢地仰躺在沙发上，把她的身子也拖了下来。她迷迷糊糊昏昏沉沉地接受着这个吻，已不再感到自己的存在，不再感到任何事物的存在。不再有黎之伟，不再有祝采薇，不再有达远公司……什么都没有了，只有熨帖在她心底的那个名字，随着心脏的动作，在那儿沉稳地跳动着：阿奇！阿奇！阿奇！好半晌，她恢复了神志，恢复了思想，抬起头来，她注视着那热烈的眼睛那热烈的脸，她低语：

"你不是说有事要告诉我吗？"

他围住她身子的胳膊似乎有阵痉挛。

"不，今天不要说！"她微笑起来，"随你，不过，我已经知道你是谁了。"

他大大震动，盯着她："我是谁？"

"你是公司里的秘密安全人员，所以那么神秘！"

他看了她很久很久。"怎么知道的？"他哼着问。

"你冲进房间来保护我，我就该想到了。不属于公司正式编制，随便哪一科哪一处都可以调用你，你又没职位……唉！我早该猜到了，是不是？我真笨啦！"

他更久更久地看她。"你会因为我的身份……不管什么身份……而和我疏远吗？"她看他，笑容在唇边荡漾，她坚决而沉缓地摇头，把手指压在他唇上。"别说傻话！""如果我告诉你……"他慢吞吞地说，"我已经结过婚，有太太，还有儿女呢！"她惊跳起来，脸色顿时惨白。

"不。"她说，嘴唇颤抖，"不！只有这一样，我不能接受！"

"瞧！"他悲哀地说，"你的感情依旧是有条件的！"

"你是吗？"她慌乱地看他，慌乱地用手攀住他的肩膀，慌乱地找寻他的眼光，"你真的结过婚吗？我不行！"她再慌乱地摇头,眼泪迅速地涌进眼眶。"我从小受的教育不允许我做这样的事,我不要伤害另一个女人,我……我……"泪珠滚下了面颊,她越想越可能是真的。她跪在沙发上,急切摸索着他的颈项。"我……从没往这方面想过……我我……我不能接受这件事!""那么,你的意思是说,你要离开我?"他问,眼神阴郁。

第三章

"我……"她别转头去,放开了他,用手指抓着靠垫,无意识地撕扯着那靠垫上的流苏。是的,她对他了解太少了;是的,一切进展得太快了;是的,她根本没有认清楚他……可是,要离开他,永远不见他,她只要这样一想,就觉得内心抽痛起来,从心脏一直痛到指尖。她抽了口气,蓦然间,下定决心地回过头来:"阿奇,你爱我?""是。"他虔诚地说。"那么,"她再抽气,痛苦地闭上眼睛,泪珠又从眼角溢出来,她抽噎着说,"我……我宁愿当你的情妇!"

他大大震动,猝然间,他就把她紧拥在怀中。他的吻雨点般落在她的眼睛上、唇上、面颊上、头发上……他喘着气,急切地、热烈地、诚挚地、心痛地喊:

"我骗你的!我骗你的!迎蓝,我从没结过婚,我也不要你当我的情妇,我要光明正大地娶你!迎蓝,我没有太太,我只是要试探一下,你爱我到什么程度?"

"什么?"她推开他,含泪看他,又悲又喜又气,"你这算什么玩笑?你吓得我要死……你怎么可以这样乱盖乱骗人!我生气了!我告诉你,我早就有丈夫了!"

"啊!"他惊呼,一副世界末日的样子,"那么,我当你的情夫!""你……你……你……"她气得说不出话来,"我不要理你了,不要理你了……"他拉过她来,用嘴唇一下子堵住了她的唇,也堵住了那一连串的气话,他的吻缠绵而细腻。她从没有这样被吻过,心跳气喘之余,情不自禁地就软绵绵地瘫进他的怀中。他把嘴唇移向她耳边,轻轻地说:

"答应我,无论发生什么事,不要离开我!"

"你……"她提心吊胆的,"还是有太太,是不是?"

"保证没有。如果有,我走出门就被汽车撞死!"

"那么,没有更严重的事了。"她笑着,把头埋在他怀中。

"既然这样,我就要老实告诉你……"

他又来了!她迅速地抬起手来,一把捂住他的嘴。

"不许说!"她轻嚷着,眼光如酒,双颊如酡,"不许你再说任何事来吓我!你以为我今天受的罪还不够吗?不许说!我再也不要听了。"他深刻地看她,长长地呼出一口气来。

"老天!"他喊,"我怎么会遇到你啊!真希望你不要这么可爱!真希望能少爱你一点,免得我失魂落魄,神经兮兮,又患得患失!唉!"他叹气,把她的头发压在胸口。

她听着他的心跳,惊悸而喜悦地体会着那种崭新的感觉:爱人和被人爱!

第二天,她依然去上班,精神旺盛而心情良好。萧彬看到她有些惊异,说:"我以为你会请一天假!"

"为什么呢?"她扬着眉说,"别把我想得太娇弱,我还不是那种看到只老鼠就会晕倒的女孩!"

萧彬欣赏地看着她,看到她那一脸的笑意、一身的青春,他不禁感动地点了点头。"你确实不是娇弱的,非但不娇弱,还相当倔强。很少看到像你这样临危不乱,又这样能代对方去设想的。"

"代对方设想?哦,你是说,我帮他解了绳子?其实我并没有帮他设想,我是不忍心看到一个那么有丈夫气概的人,被五花大绑地捆在地上。他眼睛里有种悲哀,不是悲哀,是绝望!我受不了这种绝望!"

萧彬深刻地研究她,好一会儿没开口。迎蓝不由自主地又回忆到昨天被刀挟持的那一幕。

"那个黎之伟,"她忍不住开口询问,"你后来把他怎么样了?送警了吗?""不。我只是等他酒醒了,开车把他送回家!"他燃起一支烟,喷出一口烟雾,顿了顿,又说:"其实,黎之伟是个很优秀的年轻人,一年多前,他没有留着满脸胡子,他充满活力和信心。他学的是新闻,有才气,有抱负,有理想,能侃侃而谈,也很肯埋头工作。他是年轻有为的,自傲而乐天的。是萧家——毁了他。"她惊愕地看他,没想到他会这么坦白。

"我知道一点点,"她说,"其实,他在迁怒,不是萧家毁了他,而是祝采薇毁了他!"

他迅速地看她。"谁和你谈过?""是阿奇。""阿奇。"他沉吟着,"嗯,阿奇曾经是黎之伟的好朋友,你瞧,人生的变化真大!昨天,我以为阿奇会杀了他!"

"阿奇不会的,"她热烈地代阿奇辩护,"他并没有打伤黎之伟,是不是?""是的,没打伤。""唉!"她叹口气,"黎之伟也蛮可怜的,他为什么不忘掉祝采薇?""像祝采薇那种女孩,任何男人都很难忘记她!"

哦!是吗?她心中在转着念头。祝采薇是天仙吗?她身上有魔力吗?她又想起那失魂落魄,憔悴如死的黎之伟。哎哎,她想,如果她是祝采薇,她决不会移情别恋!能有一个像黎之伟这样充满男性与丈夫气概的人"生死相许",怎能再投入别人的怀抱?她退回到自己的办公室,和往常一样,又是一个忙碌的早晨,接不完的电话,看不完的来信,排不出空档的时间表,和做不完的记录。她忙得没时间再想黎之伟和祝采薇。好不容易挨到中午,下班铃一响,她就浑身振作起来,这是她和阿奇的时间了！每天，几乎就在为这一刻而活啊！她已经迫不及待地想见阿奇了。从昨晚到现在，似乎已有几千几万年了。韶青如果看到她这副样子，准又要嘲笑她了：

"不害臊吗？认识才多久，就爱得如疯如狂了！"

昨晚很遗憾，没有让韶青见到阿奇，韶青临时加晚班，深夜才回来，那时，阿奇早就走了！真该让他们见见面，问问韶青对他的看法。不过，如果韶青不赞成阿奇，她就会放弃阿奇吗？才不呢！就像她不赞成那驾驶员，韶青仍然离不开那驾驶员一样。噢，多险！想起阿奇昨晚的玩笑，她仍然禁不住发抖，她差一点就和韶青同一命运了！在这一刹那，她有些了解韶青，而且深切地同情起她来！

走出大厦门口，她四面张望，没见到阿奇，他大概怕"人言可畏"，而在转角处等她吧。她心急地往转角处走，突然间，有个影子翩然地停在她面前。

"你在找阿奇吗？"她一愣，定睛看去，面前正亭亭玉立地站着一个女孩。头发微卷地披泻在肩上，皮肤又细又白，像刚出蕊的花瓣，粉粉的、娇娇的。她有对如梦如幻的眸子，雾雾的，蒙蒙的，静静的，水水的，总像在说话似的。她的鼻子秀气而小巧，嘴唇的弧度美好而轮廓清晰，像古代仕女图里的小嘴。她穿了件雪白雪白的真丝衬衫，系了一条翠蓝翠蓝的大圆裙子，那腰肢纤小得不盈一握。脖子上坠着一个钻石坠子,那坠子上有颗心形的蓝宝钻,悬空地镶着,在她那乳白的皮肤上轻轻晃动。迎蓝看呆了,她总觉得自己够美了,也觉得韶青够美了,可是,现在,她必须承认,她还没见过这种美。何况,这女孩连脂粉都不施,干净得就像才出水的荷花。她吸了口气,本能已告诉她这是谁了。"祝采薇,"她迷糊地问,"你是祝采薇吗?"

"是。"祝采薇安静地回答,"你是夏迎蓝了?"

她点头,两个"女秘书"彼此打量了一会儿。

"是我叫阿奇把你今天中午的时间让给我。"祝采薇说,雾蒙蒙的眼珠水盈盈地凝视她。老天!这样的眼睛不但能迷死男人,连女人都会着迷呢!

"哦!"她被动地、眩惑地应着,"有事要和我谈?"她明知故问。"是的。我请你去吃午饭,来吧!"

她跟着祝采薇走到街边,那儿停着一辆雪亮雪亮的、深红色的欧洲车,小小的、流线型的。迎蓝对车子完全一窍不通,却仍然能体会这辆小车子的价格惊人。采薇开了车门,迎蓝钻了进去,坐在驾驶座旁边。

采薇从另一道门上了驾驶座,她熟练地发动了车子,扶着方向盘,车子开向了中山北路,一路上,她都不说话,而迎蓝更是无法开口,只是痴痴地看着她,不信任似的看着她。她手臂上戴着两串细细的K金镯子,镶着一粒粒小钻,手腕一动,镯子就彼此撞击,发出细碎的、叮叮当当的轻响，如梦，如诗，如歌。车子停在一家欧式的西餐馆前面。走进去，里面全是地毯，灯光幽暗，四面窗子上，有一片一片的水帘在倾泻，流水淙淙，颇富情调。她们在屋子一隅坐了下来，她带点歉意似的开了口："我不是要摆阔，到这种地方来，只为了这里很安静，可以好好地谈几句。"她没接话，模糊地想起阿奇，如果她和阿奇能到这样的一个地方来谈心，一定颇富罗曼蒂克的气氛。思想刚转到这儿，她就被一种犯罪感给抓住了，为什么要水帘？为什么要蜡烛？为什么要情调？"但使两情相悦，无灯无月何妨？"灯月都可不要，只要两情相悦！她平静了：阿奇，只要有你！牛肉面馆就是天堂！阿奇，只要有你！

采薇点了两客速食，又点了咖啡。速食送来了，她几乎没吃，只是猛喝咖啡，一面深深打量迎蓝。当迎蓝也吃得差不多时，她才低低地开了口：

"听说，黎之伟昨天跑去大闹达远，害你吃苦了。"

她一惊，谁这么讨厌，去和这位少奶奶多嘴？

"没什么，"她很快地说，"他喝醉了酒，自己也不知道在干些什么。"采薇死死地注视她，忽然间，她一把握住了迎蓝的手腕，她的手心滚烫，眼里猝然涌上一层极深极深的痛楚，她战栗地、迫切地问："他怎样了？很潦倒吗？很憔悴吗？很凶吗？他们打伤了他吗？"她一连串地问着，哀求着："告诉我，迎蓝，我不能问别人，只能问你!"她惊愕万分,一瞬也不瞬地瞪着采薇。"你还在关心他?"她诧异地问,"你已经移情别恋了,为什么还要关心他?"她的手更加热切地握住了她,含泪说:

"别再惩罚我了!告诉我吧,请你!"

"是的。"她吸了口气,"他很憔悴很潦倒,但是,比憔悴潦倒更严重的,是他很绝望,像……像个走投无路的猛兽。他绝望、悲哀、愤怒……而且无助。"

采薇的眼睛睁得更大了,泪珠在眼眶里荡漾,却没落下来,她用舌尖舔嘴唇,嗫嗫嚅嚅的,做梦似的说:

"我要找他去!我要——找他去!"

"为什么?"迎蓝有力地问,"是想再刺激他?再更深地毁灭他?"她抬头看迎蓝,蓦然间,她把头埋进双手中,泪水从指缝里向下滴落,她无声地、忍痛地啜泣。这把迎蓝那柔弱的同情心又撼动了。她打开手提包,拿了一张化妆纸给她,她接过来,擦擦眼睛再擦擦鼻子。然后,她深吸了口气,振作了一下。"我真该死!"她说,"我想不到自己还这么脆弱!我该忘了他的!我该……可是……"眼泪又来了,"哦,上帝知道,我活得太累太累了!"迎蓝盯着她,有五分激动,还有五分愤怒。

"你为什么嫁到萧家去?"她率直地问,"为了爱情?还是为了金钱?"她抬起眼睛来,含泪的眸子清亮晶莹。但是,那份如梦如诗的韵味依旧浓厚。"你问了一个要点,这也是我常常自问的问题,你猜怎么,我的答案大概是后者!""哦,"她惊呼,"为了金钱?"

"当时,我并不确实知道这一点。萧人仰的追求一上来就来势汹汹……""萧人仰?"她问,她第一次听到这名字。

"就是萧彬的儿子,我的丈夫。你不知道他怎么追求我,而整个达远连董事长,都在支持他。他知道我有爱人,知道有黎之伟,那时,黎之伟每天都接我上下班,就像阿奇对你一样。"她深刻地看了迎蓝一眼,"而人仰呢?他全然不顾,什么都不顾。当我无意间告诉他,我很喜欢夏威夷的火鹤花,第二天,我整个办公室堆满了火鹤花,是他连夜打长途电话到夏威夷,派那儿的客户专程送来的。这还没有什么,他还能找到一个状如火鹤花的银花瓶,里面只插上一朵火鹤花,送到我面前来。在花心里,他插了一张小纸条,上面写着……"她低下头,打开皮包,取出那张纸条,"我特别带了些东西给你看,让你了解我当时怎么会选择他。"

她接过纸条,纸条上画满了手绘的火鹤花,在群花的中间,有两行细腻的小字:"花如火,情如火,连夜送上千万朵!花如火,情如火,多情却怕无情锁!"

她震动地把纸条还给采薇,心里有些明白,再坚韧的钢,也禁不起细火慢慢地烧。"然后,这一类的事情在我们之间经常发生,例如:我说过一句,我喜欢真丝衬衫,可惜买不起。第二天,我办公室里就挂满了真丝衬衫，从米色到咖啡色，从粉紫到深紫，从水红到枣红，从黑到白……简直什么颜色都有。我想学骑马，他居然买了一匹马寄养在马场，马背上烙着我的名字。而马鞍、马装、马靴、马鞭……无一不备。唉！你不知道，我那时过的日子多苦，妈妈患严重的胃出血，住在一间暗无天日的小屋里，爸爸早就去世了，小弟小妹都在读书，全家就靠我的薪水过日子。我什么时候见过这种场面？什么时候领略过这种感情？是的，我爱黎之伟，他的环境比我更苦，刚从新闻系毕业，在一家小报社当记者，白天黑夜都要跑新闻，他和我相聚的时间不多。偶然相聚，我们去吃路边摊，去吃蚵仔煎，去吃牛肉面。冬天，寒流过境，我们躲在体育馆的屋檐下避风，两个人都冻得嘴唇发紫。夏天，我们在淡水河边，被蚊子叮得遍体鳞伤。哦，迎蓝，我告诉你，当一个人太穷的时候，连恋爱的气氛都谈不上了，这是件非常残酷的事实！所以，人类的故事，周而复始，永远逃不开贫富的问题。"她住了口，喝了口咖啡。迎蓝没说话，却不以为然地轻摇了一下头。她又想起阿奇，他们吃牛肉面，喝鱼丸汤，常常安步当车地走到这儿走到那儿，阿奇从不送她东西，他说过一句话："贵的，我买不起；便宜的，配不上你！"当然，这是他滑头的地方，但，她听了仍然很舒服。"你不同意我的话。"采薇点点头，吸了口气，她又继续说，"黎之伟实在爱我，但是，他错在对我太有把握了，我十四岁就被他吻了，从此，两个人都没交过其他的异性朋友。当然，追求我的人很多，我们常把情书折成小船，放到淡水河里去，让它随波逐流。最初，我也和他提过人仰在追我，他并不紧张，而后来，我就不说了。我猜，当我不说的时候，我已经对人仰动心了。而最后面临的决定，是我母亲忽然病危，半夜里发作，气喘不过来，我吓得要死，找不到黎之伟，却找到了萧人仰。人仰飞车而来，一句话都没说，就把母亲抱进汽车，再飞车到医院，连夜开始急救，氧气筒氧气罩全出动了，然后，医生说要输血，血库里已无存货，找血牛找不到，我的血型和妈妈相同，我说输我的，人仰说他也是O型，输他的。结果，医生说我贫血，就输了他的，足足输了将近1000CC。输过血，他脸色好白好白，躺在那儿瞅着我，我马上知道，我完了，黎之伟也完了。"她闭着眼睛，新的泪珠又涌出了眼眶，她用手支住头，玩弄着桌上的咖啡杯。迎蓝已经听得发呆了。"母亲被救了过来，人仰的脸色还没恢复，我坐在他身边掉眼泪，他忽然拉住我的手，对我郑重地说：'嫁我吧！我虽然不像黎之伟那样在你心里根深蒂固，可是，我能给你更多的爱，和更多的照顾。最起码，我不会让你又老又病的母亲，住在那样一间小破屋里。知道吗？采薇，这简直是……一种罪过！一种不孝！'我痛哭着扑进他怀里，第二个星期，我们订婚了，一个月后，我们飞到美国举行了婚礼，因为怕黎之伟来大闹结婚礼堂。"她说完了。抬起头来，她用化妆纸擦干了眼睛，她那乌黑的头发半垂在面颊上，映得那面颊更娇更嫩了。"你们结婚多久了？"迎蓝问。

"才一年多。""那——萧人仰对你不好吗？"

"不，他很好，又体贴又温柔，全家都对我好。是我自己不够好，我常想起黎之伟，在我订婚以后，黎之伟还企图挽回，他跟我说了好多好多，我只是不停地摇头，后来，他火了，他给了我两耳光，骂我下贱，卑鄙，只认得金钱……我心都碎了，我哭着嚷：我就是！我就是！谁叫你是穷小子！他狂叫着跑了，从此，就变得酗酒，堕落，生活颓废……啊，迎蓝，我不能忘了他，是我毁了他！"

迎蓝呆望着她："但是，你已经无能为力了！你毁了黎之伟，总不能再毁萧人仰吧！"她怔了怔，脸上掠过一阵惨痛。

"是的，我不能。我不能。我太天真了。我本来想求你帮一个忙，现在想来，是太荒谬了……"

"你要我帮什么忙？""去帮我打个电话，约黎之伟出来，我想见他一面。"

"你为什么不自己打电话呢？"

"我打过，他摔我电话，他全家都摔我电话，他们都认得我的声音，只要听到我的声音，他们马上把电话切断，我根本没办法和他通话。""为什么不找上门去？"

她打了个寒战。"我不敢,他生起气来很可怕,我不能带伤回家。"

迎蓝深思地看她。"你想跟他说什么?"她问。

"我不知道,"采薇可怜兮兮的,"我只想劝劝他,让他忘了我,让他振作起来,让他好好地活下去!"

"你认为这会有效吗?"她深刻地问,"你认为他还会听你的吗?除非你能……"她住了口。

"能什么?"她追问,"能放弃萧人仰,回到黎之伟身边去!"她冲口而出,说过,就后悔了,这算什么建议?好端端的,劝人家离婚吗?不管萧人仰的死活了吗?采薇深呼吸了一下。"不。"她轻声说,"错了一次,不能再错一次;毁了一个,不能再毁一个!"迎蓝定定地注视采薇。忽然间,觉得对这女孩生出一种强烈的同情和好感。一个又美丽又纤细又多情的女孩!这种女孩是注定要受苦的!"听我说,采薇!"她情不自禁地直呼她的名字,"你最聪明的做法,是完全忘掉黎之伟,全心全意地去爱你的丈夫。我告诉你,黎之伟会度过他的困难的!有一天他会碰到别的女孩,会再恋爱,时间和空间会治好他!"

"真的吗?""我相信。"她肯定点头,"而萧人仰,他对你的爱情不会比黎之伟少,否则他做不出那些疯狂的事,如要你离开萧人仰,他会……不堪设想!"

采薇沉思良久,忽然抬起头来,脸上浮起一股勇敢而坚定的神色,她紧握了迎蓝的手一下。

"你提醒了我。迎蓝,你真好!我……可不可以……"她有些嗫嚅和羞涩,虽然已为人妻,仍然像个小女孩,"和你成为好朋友?""当然,你已经是我的好朋友了。"

"唉!"她叹口气,"你知道我有多难!有时,想找个能谈话的人都找不到,人仰虽然爱我,我却不能把这些话讲给他听,是不是?"迎蓝了解地点点头,看了看手表。

"我送你回去上班!"采薇跳起身子,"当我公公的女秘书也很不容易,是不是?"迎蓝和她一起走出餐厅,坐进了小红车。

"奇怪,"她说,"为什么萧彬的女秘书都嫁进了萧家?"

采薇发动了车子,说:"并不奇怪,他们从上千上万的应征者里,淘汰又淘汰,过滤又过滤,选出他们最中意的女孩来当女秘书。然后,萧家的人只要下决心追求谁,全家都同心协力地帮忙。他们家追求起女孩来……是让人难以抗拒的。"她回头看看迎蓝,笑了笑:"说不定,你也会走进萧家来,那么,我们就比朋友还亲了!""我吗?"她坚决地摇摇头,"我决不会!"

采薇看了她一眼,没有接话。她的眼光若有所思地落在车窗外,眼里迷迷蒙蒙地浮上了一层薄雾。

回到办公室,迎蓝的思绪久久不能平静。

她一直想着祝采薇这个人物，那份细致，那份韵味，那份婉转的柔情……真令人心碎！难怪黎之伟会为了失去她而如疯如狂了。但，听她那番述说，那萧人仰也确有动人心处。火鹤花，真丝衬衫，这还罢了。最难得的是输血救人那段。假若异地而处，自己换作采薇，会作怎样一种选择呢？不，她摇摇头，她谁也不选择，她选择阿奇！

阿奇，这名字从她心头一涌现出来，她就什么都顾不得了，一心只想着阿奇。不知道他怎么一天都没露面？或者，下班后他会在大厦门口等她。她那么想念他，以至于想打个电话给他，这才倏然想起，她居然连他的电话号码都没有！她无奈地笑笑，如果给韶青知道，准会把她骂死！

桌上的电话铃响，她机械化地拿起听筒，机械化地流水般先说话："您好，这儿是达远公司董事长秘书室。请问您贵姓？要找哪一位？"对方沉默着，她可以听到那沉重的呼吸声。

阿奇！她想，这家伙又来恶作剧了，准是阿奇！"喂喂，"她喊，嘴边已带着笑意，"不说话我就挂电话了！"

"等一等，别挂！"对方总算开了口，迎蓝一怔，这不是阿奇的声音，"你是夏迎蓝吗？"

"是的。""我是黎之伟！""噢！"她大吃一惊，刚刚才和采薇分手，黎之伟又打电话来，这不是太意外了吗？他要干什么？难道也要找她帮忙？她想起他手上的刀，有点寒意。"你有什么事？"她的语气冷淡。"我是特地打电话向你道歉的。"对方的声音低沉和缓而温柔，一点都不像昨天那个凶神恶煞，"对不起，夏迎蓝，我昨天莫名其妙地伤害了你，我希望……那些伤不会太重。"他语气担忧而内疚。"不不。"她慌忙说，"一点都不严重。你不要放在心里。"

"我是喝醉了酒。"他解释着，"心情不好再加上酒一冲，就发起酒疯来。我吓到你了吗？"

"有一点。"她坦白地说。

他叹了口气，声音更柔和了。

"你下班后，可不可以和我谈一谈……"

"哦，不行！"她慌忙说，下班以后的时间是阿奇的，她不要再卷入黎之伟和祝采薇的公案里。"我下班以后还有事！"她说得又急又快。对方沉默了片刻，她几乎感觉出他又受伤了。

"你以为……"他慢慢地说，"我还会伤害你吗？我今天没喝酒，约你出来，纯粹是为了昨天的事道歉！能不能请你把昨天我那副恶劣的样子忘掉！"

"我已经忘掉了。"她慌忙说，"我知道你的心情，我不会怪你，我今晚真的有约会……"

"和阿奇吗？"他问。她怔了怔，想起萧彬说过，阿奇和他曾是好朋友。

"是的,是阿奇。"她坦白承认。

"我懂了!"黎之伟在电话里大笑了起来,"我懂了!你还敢口出狂言,不会嫁给萧家人?哈哈哈哈!又一个女秘书,又一个自命清高的拜金主义!哈哈哈哈!好了,不打搅你了!去和阔家公子约会吧!"他似乎要挂电话。

"喂喂!"她急切地嚷着,又惊奇又慌乱,"不要挂电话!你说说清楚,什么阔家公子?阿奇只是达远的保安人员,或者是小职员,或者是工友……"

"哈哈哈!"黎之伟笑得她耳膜都震痛了,"你在说些什么鬼话?萧人奇是达远的工友?你大概还没睡醒吧?还是和我一样喝多了酒?""萧人奇?"她愣愣地握着听筒,脑子里纷纷乱乱的,什么思绪都整理不出来。"是的,萧人奇,萧彬最小的一个儿子!大家都叫他阿奇!我早就猜到,你是萧彬为阿奇物色的人选了!"

她闭上眼睛,觉得脑子里所有的血液都往下沉。在这一刹那间,她明白了,所有的事都清清楚楚地呈现在她面前;那个荒唐的赌注,她输了,要嫁他;她赢了,也要嫁他!他从一开始就在戏弄她,她却一步步地掉进他的网里去。他的时而忧郁,时而快活,他的神秘身份,工友,科长,职员,不属于编制内的周边人员……去他的!她被骗了,被彻彻底底地骗了!"喂,"黎之伟在叫,"你在干什么?"

"哦,"她醒过来,深深地吸了口气,迫切地问,"你现在在什么地方?""就在你大厦对面的公用电话亭!"

"我马上就过来,你等我!"

她挂断了电话,抓起桌上自己的皮包,转身就向秘书室外走。在门口,她几乎和正跑进来的阿奇撞了个满怀。阿奇一把抓住她,惊问:"你怎么了?你要到哪里去?你的脸色怎么这样难看?你生病了吗?你……"她费力挣脱了他的掌握,含泪喊:"不要理我!"她冲进电梯,阿奇也要冲进来,她迅速地按下了关门钮,把他关在门外,直接下到一楼,她飞奔着跑向街对面。

半小时以后,迎蓝已经和黎之伟散步于碧潭的山明水秀中了。黎之伟和昨天已经大大不同了,他没喝酒,换了一身整洁的衣裳,看起来就清爽了不少。仍然是络腮胡子,双目仍然炯炯发光,有逼人的威力,不过,他心平气和,举止、谈吐、风度……都成了第一流的。他们走过吊桥,沿着一条通往"情人谷"的山路,蜿蜒地向山内的绿荫深处走去。这天不是假日,四周没有一个人影,只有阵阵蝉鸣与鸟啼,打破了周围的静谧。"我猜,你已经知道我的故事了?"黎之伟问。

"是的。"她机械化地回答,心思恍惚,头脑昏沉,所有的意志和注意力,都集中在"阿奇"的身份上。

"你一定对我印象恶劣吧?"他说,"我昨天去达远,并不是找麻烦去的,而是——"他咬咬牙,"我知道萧彬又请了一个新的女秘书,我跟踪过你几次,看到你都和阿奇在一起,我想,我要救你,我要在你被金钱买动之前,把你带走。"

"金钱买动?"她侧头沉思,"他们从没有用金钱来买我,连吃饭,都常常是我在付钱。"她正眼看他:"你确定阿奇是萧彬的儿子吗?你不是成心来破坏我们吧!"

他惊异地看她,皱着眉研究她,好像她是个怪物。

"你和他交朋友,居然不知道他姓什么?家在哪里?父母是谁?你是不是太新潮了?这种事,我能骗你吗?你只要去随便打听一下,就可以知道真相,甚至于,你待会儿打个电话去萧家,只说找萧人奇,你就知道他是不是萧家人了!我不明白的是,他为什么要把自己的真身份隐藏起来?而且,显然大家都在暗中帮他隐瞒,连萧彬也是。否则,早就穿帮了!"

她回忆和阿奇认识的点点滴滴,回忆他对自己身份的敏感和掩饰,回忆他那个矛盾的赌注,回忆他闪烁其词的谈话……更回忆起他的嬉笑怒骂,回忆起他的"落魄",付不起牛肉面钱,自称为"穷小子"……她越想越气,越想越沮丧,越想越委屈,越想越伤心……总之,她被骗了,被玩弄于股掌之间!被他唬得团团转!他一定暗中欣赏自己的演技吧!他一定常常向家人炫耀他的成果吧!怪不得萧太太会跑到秘书室来和她东拉西扯,她是鉴定"准儿媳妇"的呢!现在,她都想通了,所有的神秘,都不再神秘了!除了一件,就像黎之伟说的,他何必隐藏身份呢？

"我懂了！"黎之伟忽然说，"他在扮演我！"

"扮演你？"她更糊涂了。

"他先扮穷小子，再恢复阔少爷的身份，这样，你才能区别两者之间有多大差异，这是青蛙王子的故事。当你以后，发现他居然是王子时，你会更加喜出望外。有比较你才能明白你手里的东西有多珍贵！"他叹了口气，"知道吗？采薇如果从没遇到我，一上来就遇到萧人仰，她会以为爱情理所当然是那种样子的。就因为先有了我，我没有的，他都有。我不能满足她的，萧人仰可以满足，什么夏威夷的火鹤花、苏格兰的风信子、荷兰的郁金香……他都能变魔术似的变来。采薇看不到这些花花草草费了多少金钱，只看到他费了多少心血。于是，人仰征服了采薇，用他的金钱征服了采薇，把我一棍打进地狱里去。你懂了吗？"他凝视她，眼底又浮出了那绝望的悲哀，他低低地、沉沉地、哑哑地再接了几句："萧家的人都绝顶聪明，他们每个人身后都有个智囊团，帮他们争取他们所要的东西，以前，他们要金钱财势，从一个小公司开始，并吞，发展，直到现在，已成为一个大财团。然后，他们想收集全台湾的美女了。"

她瞪着他，他说得那么清楚，那么有条有理。她知道，这就是真实面目了，黎之伟打开了这真实面目，让她从幕前一直看到幕后。"他们的手段真高，是吗？"她喃喃地问。

"如果手段不高,他们怎么会有今天?采薇和我奠定了七年的感情,被他们几个月就打垮了!采薇!"他深深吸气,好像有个虫子在啃噬他的心脏,他的面容扭曲了,她看得出来,他在强忍着多大的痛楚。"你不认识采薇,你不会知道她是多么纯纯的、柔柔的女孩!在萧家介入以前,我相信,就用一百辆坦克车来拉她,也不见得会把她从我身边拉开!"

"我见过采薇!"她脱口而出。

"哦?"他惊奇地挑起眉毛。

"就是今天中午的事,她为了你,来问我!"

"哦?"他的声音发颤了,"她提到过我吗?提到过吗?"他急促而迫切,脸色变白了。

"是的,她一直在谈你,谈了很多很多,她说——不知道有什么力量,能让你重新站起来。"

他闭了闭眼睛,忽然在路边的一张石凳上坐下来,把头很快地埋进掌心中,好一会儿,他喘口气,抬起头来,他的脸色煞白煞白,眼白都涨红了。她惊呼。

第四章

"你病了,是不是?""没有!"他粗声说,"只是一阵头痛,好像整个脑子都要被扯破似的,几秒钟就过去了。"

"你看过医生吗?""用不着!"他哼着,"这是心理影响,医生治不好,每次发作,都与采薇有关。"他正视着她,脸色在逐渐转好中,"她真说过希望我振作吗?"

"是的。""她知道该怎么做!""你是说——要她离开萧家,重回你的怀抱!""嗯,"他点点头,唇边浮起一道深刻的刻痕,"然后,我再把她甩掉。""再把她甩掉?"她惊呼着,"你知道你这是什么论调?你相当残忍,你已经不爱采薇了,你在恨她。你想要报复她。"她热切地看他,把自己和阿奇的问题都抛在脑后,"这是不对的,很不对的。"他对着她冷笑:"我告诉你,人的心理是世界上最难捉摸的事,因爱生恨,几乎是最直接的反应。是的,我恨采薇,恨她遗弃我,我更恨的,是萧家全家!他们明知道不属于自己的东西,也横抢竖夺!"

"你知道,你这样说并不很公平,"她认真地凝视他,"一个没有结婚的女孩,原则上,任何人都可以追。"

"你这样说吗?"他提高了声音,愤怒立刻飞进了他的眼睛,那种近乎狰恶的表情又挂在他嘴角上,"他们全家都知道有我!他们甚至和我做朋友,让我对他们完全不设防。"

她勇敢地摇摇头:"可是,采薇没有嫁给你,在爱情上,人人都可加入战场。战败的人,应该有战败的风度。像你这样,一场败仗就把你打得心灰意冷,实在也太输不起了。"

"你说些什么鬼话?"他大吼起来,昨天大闹办公室的嘴脸又露出来了,他伸手一把就抓住了她的手腕,用力握紧。她昨天被扭伤的瘀肿未消,立刻就痛得直吸气,眼泪都快掉下来了。他死瞪着她的眼睛,怒不可遏地喊:"你已经被萧家迷住了!你帮他们说话!你已经成了萧人奇的俘虏,你和采薇一样浅薄无知!""我不是萧人奇的俘虏,我也不帮萧家讲话,"她大声说,忍着痛楚,"我只是看不惯你为这件事而自暴自弃!何况,你该平心静气分析一下,你失去采薇,是不是自己也有过失?为什么她母亲病危时,你居然不在她身边?为什么输血救人的是萧人仰而不是你?""我告诉你为什么!"他的声音从齿缝中迸出来,他更紧地握住她的手腕,脑袋逼向她的脑袋,她迫不得已地后仰着。"因为那晚我在跑新闻,我要赚钱养家,不像别人那么好命,睡在被窝里等告急电话!而且,这整件事可能就是件预谋的苦肉计,老太太八成被收买,她本来就喜欢萧人仰而不喜欢我!因为嫁到萧家,就可以再也不愁吃不愁喝!你知道吗?祝老太太现在和小儿女住在天母一幢花园别墅里,有专门的医生护士侍候着,病都快好了。你再用用你的思想,祝老太太忽然病危,我刚好不在家也不在报社,萧人仰飞车而来,送到他熟悉的医院,医院有血库,居然血不够,O型是最普通的血液,居然要从亲友的身上去抽血……想想看,你这个天真烂漫的幼稚园小女生,这一切是不是太巧合了!"

她想着,努力地运用思想,不能不承认有些可能。但她的本性反抗着这可能,萧家或者会运用手段,但是不会这么卑鄙!"不。"她挣扎,"他们不会这样做的!"

"你还在帮他们讲话!"他大吼着,扯住她的手腕,"所以,你也相信阿奇只是个工人!你去查查看,他当年以榜首录取在政大政治系!他在对你玩政治手腕!你也相信他一点都不卑鄙!"她被刺伤了。重重地刺伤了。心里压抑的悲痛和被欺骗的感觉就排山倒海般对她淹没过来。她咬住嘴唇,眼泪夺眶而出。"你放开我!"她呜咽着说,"你弄痛了我!"

　　他惊觉过来,马上放开了她,她缩回手腕,用另一只手揉着伤痛之处。她的头低俯着,眼泪慢吞吞地、无声地沿着面颊滚下来,落在裙子上。他看她,忽然就抓起了她的手,解开长袖的袖口,他把袖子往上撸撸,立刻,他看到了那只遍是红肿和瘀伤的手腕,他深深呼吸。

　　"告诉我,"他哑声说,"不是我弄的。"

　　"是你弄的。"她固执地说,抽着鼻子,忍着眼泪,可是眼泪更多了。内心的伤痛远胜过肉体的,她借此发挥,干脆一任泪珠奔泻。她低垂着头,反捞起脑后的头发,让他看后面贴的纱布。"你恨萧家的每一个人,你恨吧,可是,你差点杀掉了我!"他审视她脑后的伤,慢慢地放下她的头发,他再审视她的手腕,再慢慢地放下她的衣袖,细心地扣上袖口的扣子。然后,他用手轻轻托起下巴,又审视她那流泪的眼睛。他从口袋里掏出一块洁白而干净的手帕,轻轻地拭去她的泪痕,他很温柔地凝视她,眼睛里燃烧着两小簇奇异的火焰。

　　"保证不再了。"他低沉地说,"以后,决不伤害你一根汗毛。""以后?"她糊涂地问,"我们还有以后吗?"

　　"为什么没有?"他反问,"我们已经认识了,是不是?""哼,"她哼着,"很奇怪的认识,我从来没经历过在刀尖下的认识!""忘掉它!"他诚挚地说,"那时我疯了!疯子总会做些莫名其妙的事!"他再擦她的泪:"不过,你这眼泪不是为我伤你而哭,是因为我揭穿了阿奇的真面目而哭!是吗?"

更多的眼泪夺眶而出,她咬紧嘴唇,咬得嘴唇都快出血了,就是止不住那疯狂奔流的泪珠。他深深看她,扶住她面颊的手因沾上泪水而颤抖了,他忽然就把她的头压在自己胸前,用双手抱牢了她,他像个慈祥长者在安慰委屈的小孩一般,他轻轻地摇撼她,抚摸着她的背脊,带着泪,带着灵魂深处的同情,带着"相逢何必曾相识"的感触,还有那种深深切切的"同病相怜"的心情,他沙哑地说:

"哭吧!哭出来吧!迎蓝。好好地哭一哭,你会舒服很多。"

她把头挣出了他的怀抱,用他的大手帕擦干净了脸庞,然后,她勇敢地抬起头来,勇敢地面对他,勇敢地挤出了一个微笑。"我不再哭了。"她说,"不再为根本不值得我流泪的事而哭了。"她扬起睫毛,眼睛清亮:"你,也不要再哭了。"

"我?"他苦笑了一下,"我从没有为这件事哭过,大概从我懂事以后,我就没流过眼泪了。"

"女人的眼泪往外流,男人的眼泪往肚子里流。"她说,缓缓地摇了摇头,"别以为我没看过你哭,我昨天就看到了。"

他也缓缓摇头,注视着她的眼光更柔和了。

"你太聪明，"他低语，"其实，女孩子迟钝一些反而好，越聪明的女孩子越容易受伤。""男人也一样。"她接话，"平庸是一种幸福。"

他们彼此对看了一会儿。她从石凳上站起身来：

"天都快黑了，我要回家了。"

"走吧！"他挽着她往山谷外走，暮色正缓缓地从山谷中浮上来，夕阳的光芒早被山尖所吞没。"我能不能请你吃晚饭？"他忽然问。"今天不行，"她说，"老实告诉你，我今天一点胃口都没有，这两天，就因为你的出现，发生了太多的事，我必须回去休息一下。好好地想一想。"

"你一定非常恨我的出现，扰乱了你整个生活！"

"不。"她正眼看他，"我很高兴你出现了，让我看清了好多事情。其实，有些事迟早会揭穿的。"

"只怕揭穿的时候，你已经陷入太深，而身不由己了！"

这倒是真话。她微微战栗了一下。阿奇，这名字依旧刺痛她每根神经。她叹口气，再看他一眼。

"明天，好吗？"她问，"我们去吃……"她看他，忽然正色问："你有钱吗？""吃一餐饭的钱总有的。"他苦笑着。

"你有工作吗？"她再问。

"我曾经失业过一阵，目前，我在一家旅行社当外务员，做些跑大使馆、办护照这些工作。"

"可是……你并没有好好上班？"

"是的。如果那旅行社的老板不是我的朋友，我早就被开除了。""廉者不受嗟来食。"她低语。"你说什么？"她抬起头来，正经地看他。

"为什么不回到你的本行去？你学的是新闻，怎么不学以致用？"他皱眉头，用手揉搓着下巴上的大胡子。

"你希望我回报社？"他怀疑地问。

"我希望你做个男子汉！"她冲口而出。说了就又后悔了，这关她什么事呢？她声音放低了，低而沮丧："我不是真的要逼你做什么，我没这个权利干涉你，也没这个权利要求你。我只是自己很丧气，我一直以为我是个很独立也很能干的女孩，谁知道，我刚接触这个社会就摔了一大跤，我真怕以后要面对的日子，我真怕自己再也振作不起来……我想找个榜样，如果有人摔得比我更重，仍然站起来了，我就会觉得，天下没什么更严重的事了。"他看了她好一会儿。他们已不知不觉地回到新店镇上，他买了两张回台北的公路局车票，上了车，车开了，他一直都没说话。下车后，他们安步当车地走着，他送她回家。她指示着方向，他默记着她的位置。夜色，早已笼罩着整个台北市，霓虹灯和广告灯在街头闪烁，一片的灯火辉煌。台北，是灯的世界，是繁荣的代表。为什么如此大的一个都市，有无数的人在通往成功的巅峰上，却也有人消沉淹没在失败的浪潮里？他们走到了她的公寓门口。

"我就住在七层楼上，七Ａ。"她说。

"能给我电话号码吗？"

她报出了号码。他用心默记着。然后，他一本正经地看着她，说："明天晚上六点钟，我来接你。"

"好。"她点头，正要说什么，听到身后有人声，她一回头，就看到阿奇正从公寓中冲出来，他直冲向她，握住了她的肩头，他怒冲冲地对黎之伟喊：

"你把她拐到什么地方去了？"

"我拐她？"黎之伟仰起头来，又纵声大笑了，"哈哈哈！不知道谁在拐谁呢！""我警告你！"阿奇双眼圆睁，满脸怒容，他伸出拳头来，似乎想揍他，又勉强地按捺住了，"你离她远一点！你敢招惹她，我不会饶你！""是吗？"黎之伟嘲弄地笑了笑，立即转向迎蓝："看样子，你今晚还要面对许多事情。"他摇摇头，深深地看她，眼睛里似乎有一千句叮嘱、一万句警告，"每个人都只有自己去解决自己的问题，是不是？你和阿奇好好谈吧，我走了，明天见！"

"明天见！"她对黎之伟挥挥手。

黎之伟大踏步地消失在夜色里了。

阿奇惊异地看着黎之伟的背影，再惊异地看向迎蓝，他的嘴唇发青、眼光阴郁。"你整个下午跑到哪里去了？

我一直在你公寓中等你！那个家伙跟你说了些什么鬼话？你不能再见他，他是个危险人物，别让他……"她挣开他的手，头也不回地走进电梯。

他跟了进来，靠在墙上，锁眉，闭眼，叹气。然后他睁开眼睛来，自言自语地说：

"不攻击他！不攻击黎之伟！不攻击黎之伟。"他看她，忍耐地、痛楚地去抓她的手，"你都知道了？是不是？你在生气吗？因为我是萧彬的儿子而生气吗？"

她用力抽出手来，电梯停了，她往自己的房间冲去。阿奇跟了过来，她找钥匙，开门，走进房间，她转身就要把门摔上，阿奇机警地用脚抵住了门。同时，韶青已经在她身后笑嘻嘻地说："何苦呢？迎蓝，人家已经坐在这儿等你一下午了，在窗子前面看到你过街，就像火烧了尾巴似的冲下楼去接你，有什么别扭和误会，两个人当面谈谈就过去了，不要这样闹小孩脾气！"她回头看韶青，气得声音发抖："你根本不知道发生了什么事！我告诉你，他不是一个人，他是个魔鬼！"阿奇大踏步地走进房间，关上房门。

他走到她身边，脸色铁青。

"给我一个解释的机会，好不好？"他忍耐着说。

"不听！"她大声地叫，"你不用解释，我不听！绝对不听！"

韶青拿起了梳妆台上的皮包，走过来对迎蓝甜甜地一笑，拍拍她肩膀说："我有事要出去，你们不要吵架，好好地谈。嗯？迎蓝，答应我不要太任性！"迎蓝一把抓住韶青的衣服，急促地说：

"你不要故意避开，我不和这个人单独在一起！"

韶青扯出了自己的衣服，又好气又好笑：

"我不是故意避开，我有约会，你知道，我们不像你们，见一面可不容易。我珍惜能见面的每个机会，我非去不可！迎蓝，你是人在福中不知福！"

她摆脱了迎蓝，很快出去了，房中只剩下迎蓝和阿奇两个人。一层沉默和僵硬的气氛在两人之间迅速地扩散开来。

时间不知道过去了多久，迎蓝慢慢地走到梳妆台前，把皮包丢在桌上，拿起发刷，无意识地刷了刷头发，再走到床沿上坐下，脱掉高跟鞋，换上一双舒适的拖鞋。然后，她往枕头上一倒，闭上眼睛，表示要睡觉了，自始至终，她就没有看过阿奇一眼。阿奇静静地望着她，望着她的冷淡，望着她的目中无人，望着她沉默中的反抗，望着她那倒在枕上的疲倦而憔悴的脸庞……够她受了，这两天像狂风暴雨，已经卷走了她脸上的喜悦和欢愉。一阵怜惜的情绪就把他紧紧地缠住，他的心脏在隐隐作痛了。他慢慢地走过去，他在她床前的地毯上坐下来，抱着双膝，凝视着她的脸庞。

"迎蓝，"他轻轻地、温柔地说，"你必须听我解释。

让我告诉你,我虽然欺骗了你,但是并没有丝毫的恶意,而且,连续好几天来,我一直想告诉你真相,是你自己不要听……"

她把身子一翻,连头带脑都转了过去,用背对着他,同时,抓起一个枕头,她把枕头压在耳朵上。

他有些恼怒,怒气在他胸口起伏,他重重地呼吸,然后,他扑过去,一把掀掉了那枕头,用力扳过她的肩膀,强迫她面对自己,大声地喊:"你到底要不要听!"

"我说过我不要听!"她睁开眼睛来,倔强地说,"拿你那一套装腔作势,去骗别的女孩去!不要来理我!"

"我已经理了你了,我非要理下去不可!"

"废话!"她嗤之以鼻,"你有演戏细胞,为什么不去演电影?为什么欺侮一个从乡下来的小女孩?"

"别说得那么委屈,台中不是乡下,你也不是小女孩!我骗了你是真的,欺侮你谈不上!"

她一转身又要背对他,他把她按住,不许她翻身,他开始对着她的耳朵,大声地、一连串地吼了出来:

"我告诉你,我们家已经一连娶了三任女秘书,个个都是千万人里选出来的,个个都优秀漂亮。这次,你来应征时,全家就开玩笑说:这次是在帮阿奇找媳妇了。说实话,这句话使我非常反感,我立誓什么女朋友都可以找,就不找女秘书。但是,当公司里考女秘书时,我仍然很好奇,我躲在一边,看过听过许多资料,这些应

75

征者中,对别人都没什么,唯独对你,我有种强烈的好感,并不是因为你最漂亮,来应征的人里有比你漂亮得多的,也不为了你的学历,你知道你的学历也很普通。而是因为你反应敏捷,对答如流,和你那种与生俱来的幽默感。你猜怎么,那时我甚至希望你落选,如果你落选了,我再来追你,就不算追女秘书了,偏偏爸爸也看中了你,你竟然成为爸爸的女秘书了。"

他停了停,她不再翻身了,用手玩弄着枕头的荷叶边,她一语不发地听着,倒想听听他如何自圆其说!"你知道,我家虽然娶了三位女秘书,几乎都不太幸福,能干的女孩都有驾驭男人的习惯,而且,由于贫富的差距,这些走入萧家的女孩,常常会变成另一个人,跋扈,不讲理,贪得无厌,娘家的哥哥弟弟、叔叔伯伯、表亲姻亲……全要往萧家的事业里推进去,情况非常像《长恨歌》中提到的杨玉环得宠后那一段:姊妹弟兄皆列士,可怜光彩生门户。这并不能怪她们,这是一种自然的转变。我的大婶婶、小婶婶……全是这样,然后,轮到了我的嫂嫂祝采薇。"

他又吸了口气,注视她,她不满地蹙起眉头,心里的反感又在加重。你们家挑女孩子专挑势利鬼,然后就把普天下的女孩都看成势利鬼!"你已经见到采薇了,你也见到黎之伟了。我哥哥追采薇追得最苦,全家出动了来支援他。老实说,采薇是这些女秘书里最可爱的,难怪大哥一见倾心，就是我也为她动过心，她最美的是她那份性格，柔顺、热情、而容易感动。她已经有了男朋友，黎之伟一度也是我的好友，我们天地玄黄、宇宙洪荒无所不谈。大哥发动追求后并没有顾虑黎之伟，我也认为情场追逐，是各凭本事。然后，大哥成功了，他娶了祝采薇。从此，就是我大哥悲剧的开始。"

她不知不觉地调眼来看阿奇了，谈到采薇，使她的注意力不能不集中起来。"大哥和我的性格不同，我比较达观任性而外向，大哥正相反，他是文质彬彬的，对感情固执到底的，他内向而不爱多说话。他们婚后，本该很幸福的，但是，黎之伟像个鬼影般站在他们中间。采薇不能忘怀黎之伟，她常常躲在没人的地方哭，常常在纸条上写满黎之伟的名字，冬天，她在窗玻璃上呵气成霜，写下：'此情无计可消除，才下眉头，却上心头'的诗句。"她记起来，阿奇也曾经在点菜纸上，写过这几句话，原来，是抄自祝采薇。"哥哥看在眼里，痛在心里，对任何人都不能说，你不能想象他有多苦。从小，我们兄弟感情很好，他的事我都知道。有一次，他非常沉痛地对我说：'阿奇，如果你有一天爱上了某个女孩，千万不要让她知道你的身份，你要彻彻底底地征服她的心，甚至于，不要让金钱帮助你达到目的，你要让她爱上你的人，而不是你周围的一切，不是你能为她做的那些事。'哥哥这几句话对我刺激很大，我看过我婶婶们的例子,又看到祝采薇和哥哥的例子。我发誓,当我追女朋友的时候,我决不利用身份钱财,我要把自己变成一个穷小子。"

她咬咬嘴唇,不说话。心底又涌起一层新的反叛和悲哀:原来,你把我看成她们,原来,你以为我会为了金钱嫁给你!原来,你千方百计掩饰自己的身份,只因为把我看成一个淘金的人!"第一天,我在电梯里和你巧遇,当然不是真的巧遇,而是我安排出来的。那时,我并没有追求你的意思,只想和你开开玩笑,试探一下你是怎么样的一个人。当时,你谈笑风生,天真烂漫。我用各种颓废的态度来对你,你心无城府,纤尘不染,只是一个劲儿鼓励我,使我当时就觉得惭愧得无地自容。而且——"他振作了一下,深深沉沉地注视她,眼神虔诚、热烈而真挚,"你相信吗?仅仅是那么短的时间,你已经征服了我!"她不语,瞪着他,怀疑他那么会演戏,现在说的话里又有几分真实性?他仍然在玩弄她吗?他仍然在编故事吗?想起这两个月来,被他骗得团团转,她就又牙根发痒,恨不得狠狠咬他一口。"接着,我们几乎每天见面了,我也几乎每天想把真相抖出来,但是,大哥极力赞成我的做法,爸爸也站在大哥一边,因为他深解人情世故,他早就看到我所看到的事情,妈妈更赞成,她私下对我说:'娶一个真实的人回来,不要娶一个美丽的躯壳回来!'他们全体打扮我,给我穿破牛仔裤、洗白了的衬衫，甚至掏空我的口袋，免得我露出马脚，这样，我的戏只能一天又一天地演下去了！"他停了停，把头放在膝盖上。

原来你们父母兄弟全家串通好了的！她心中的怒气在往上升，原来你们防我像防一条毒蛇一样！原来你们把我看得那么低俗，原来你们全家都怕我爱上你们的钱财势力！你们错了，你们大错特错了……

"我告诉你，迎蓝，"他又继续说了下去，"到后来，这种欺骗对我已经是苦刑，我觉得你天真得像张白纸，我胡说八道，你也听我的，你也不追问。我认为我的欺骗，已变成对你的一种侮辱和伤害，所以……我好几次话到嘴边，又被恐惧堵了回去，我开始害怕你知道真相了，我可以猜出你知道后的反应和愤怒。时间过得越久，我越害怕，就越说不出口。昨天，我本来已经下定决心，要和你说真话了，偏偏黎之伟来一闹，你又受了惊吓又受了伤，我……"他苦恼地用手抓头发，"我看你又累又弱又楚楚动人，我简直爱疯了你！我说不出口，我怎能说，迎蓝，我一直在骗你，我怕你会看上我的地位金钱而爱我？这是多大的侮辱和藐视！我说不出口，结果又说了另一个谎言，我说我结过婚，你哭得心碎，我看得心碎。我招认没结过婚时，逼着你答应了我一句话，你还记得吗？"她紧闭着嘴不说话。"我说，无论发生了什么事，你都不能离开我！你答应了，记得吗？你答应了。

所以，原谅我吧，迎蓝。原谅我对你的欺骗！我承认，我——是做错了。怪只怪，当我做的时候，我并没想到你是这样纯洁而善良的。"

她仍然紧闭着嘴不说话。

他焦灼地去握她的手，去拂开她额前的短发。

"说话吧！"他祈求地，"你一直不说话，说一句话吧！迎蓝！"她仍然不说，眼光直射出去，透过他的身子，不知道在看什么遥远的东西。他开始焦急地去摇她的肩。

"说话！迎蓝，请你说一句话，你可以骂我，可以生气，但是，不要这么沉默！"她仍然沉默，奇怪的是，她现在不能想阿奇，反而想起黎之伟的话："……你已经被萧家迷住了！你帮他们说话！你已经成了萧人奇的俘虏，你和采薇一样浅薄无知！"

"……他先扮演穷小子，再恢复阔少爷的身份，这样，你才能区别两者之间有多大差异！"

然后，她眼前又浮起第一次见到的阿奇：

"我赌你三年之内，会嫁到萧家去！"

第一次见面，他已经知道她翻不出他的手掌心了！他对自己多有自信！多狂！多傲！他早就看扁了她！而她居然笨到连思想分析的能力都没有，就傻傻地往他布好的陷阱里跳下去！然后，她又想起了采薇，她那悲哀而含蓄的话：

"说不定，你也会走进萧家来，那么，我们就比朋友更亲了!"

她想着想着,越想越多,越想越气馁,越想越悲切,越想越沮丧,越想越"自卑"了。

"迎蓝,"他忍不住了,喊着,一面捏住她的下巴,强迫她面对自己,"看着我!迎蓝。"他说:"看着我!"

她看着他,完全被动的。

"我说了那么多,你能了解吗?你能原谅吗?"

她定定地看他,终于,她开了口,她的声音好像从深远的山谷中传来,连自己都觉得陌生。

"我不认识你,萧人奇!我曾经认识一个男孩,叫阿奇,他吃苦耐劳,善良真诚,我好喜欢好喜欢他。如果是他得罪了我,我什么都可以原谅他,但是,他不见了。而你,萧人奇,我不认识你!"他的脸色大变,眼神痛楚而狂乱,声音低沉。

"你在说些什么?"他问。

"我说——"她安静地、面无表情地,"我不认识你。我不懂——你为什么要纠缠我?"

他扑过去,用双手捧住她的脸庞,急切地迫近她。

"你有理由生气,"他说,"没有理由否定我!"

"我没有否定你,"她幽幽地说,语气不温不火,几乎不掺杂丝毫感情,"你是萧人奇。"

"就是阿奇!"他说。

"不是阿奇!"她坚定而平稳地说,"阿奇爱开玩笑,但是不会用心机！阿奇尊重我，不会玩弄我！阿奇善良多情，决不奸诈险恶！不，你不是阿奇，请你不要冒充阿奇来迷惑我！"

他定定地看她，眼中燃烧起两股怒火。但是，他的声音仍然压抑而忍耐。"好，"他说，"萧人奇是坏蛋！让我们忘记萧人奇，那么，我是不是阿奇了？""你不是。"她悲哀地说，悲哀地看着他，"你是萧人奇，一个陌生人，你把阿奇杀死了。也把我杀死了。"

他重重地呼吸，胸腔在剧烈地起伏，他咽了一口口水，喉结在颈子上滚动。他努力在压制自己，仍然竭力维持着声调的平稳："迎蓝，你讲不讲理？"

"讲，我一直讲理。""那么，承认我，我只是姓了萧，那不是我的罪过，别为了这个就把我推翻得干干净净。迎蓝，如果我不是这么爱你，我不会这样求你。"她闭紧嘴巴，又恢复了沉默。眼睛中流露出一股心不在焉的神情。他死死地看了她一会儿，然后，他把嘴唇压在她的唇上，她没动，也没有反应，好像她是个蜡人。他抬起头来看她，她的眼睛睁得大大的。"你在干什么？"她问，语气中终于有了些"感情"，是愤怒，而不是柔情。"想找回我们的过去！"

"我们没有过去！"她咬牙说，怒气挂在眉梢眼底，"你再敢碰我……"他不等她说完，就一把抱住她，再去找寻她的嘴唇。她一翻身从床上坐起来，他用力把她抱牢，她开始挣扎，她从没经过这样强烈的挣扎。他本能地想制服她，她拳打脚踢，又用牙咬，他就是不放松她。她怎样都挣不掉他那铁箍似的双臂，她累极了，仰着头，她瞪着他，停止了挣扎。她一个字一个字地说："萧先生，如果你倚仗你是达远的小老板，而来强暴我，我是无力反抗的，你动手吧！"

他颓然地一松手，把她推倒在床上，自己连退了三步，站在老远的地方看着她。她无力地躺着，蜷缩着身子，像个被伤害了的虾子。她的头发披散在雪白的被单上，脸色几乎像被单一样，白得吓人。她轻声说：

"再见！阿奇。"这一句"阿奇"使他大大地震动了，把他每根神经都抽痛了。他立即整个崩溃，扑过去，他跪在她的床头，用双手紧捧着她的手，她的手又冷又颤，他惊慌地去摸她的额，又去摸她的脸，她额上滚烫而双颊冰冷。他拉开棉被，把她紧紧裹住，焦灼地去看她的眼睛，她已经把眼睛闭起来了，长长的睫毛在她苍白的面颊上留下一排阴影。他凑向她的耳边，柔声请求："我带你去医院，好吗？"

"不要！"她冷淡而嫌恶地，"别对我玩输血的花样！我没那么娇弱！""什么输血的花样？"他听不懂，"你病了，你在发烧！"

"我没有。"她抗拒着，"我只是累了，我要睡觉，你为什么还不走？""我在这儿陪你好不好？等韶青回来我就走！"他坐在床沿上，怜惜而心痛地看她，强烈的自责把他五脏六腑都绞痛了。为什么要对她凶呢？为什么要对她吼呢？为什么要去强吻她呢？他早就该看出来，她根本又病又累又衰弱，从昨天受伤后，她根本没有好好休息过。而打击却接二连三地在刺伤她。她躺着，似乎浑身无力了。闭着眼睛，她沉沉欲睡。他忍不住就伸出手去，轻轻抚弄她那散乱的头发。这碰触使她像触电般惊醒过来，睁大眼睛，她惊愕地看他："你还没有走？"

"我陪你！"他慌忙说，"等韶青回来我就走。"

她伸手拂开了他的手，从床上坐了起来，她瞪着他，眼光清亮。"看样子，我不跟你说清楚，你是不会走的了。"她说，声音沉重而清晰，"听我说，我明天早上会去达远，把我未完成的工作交代清楚，我不会留在达远工作了。你呢？不管你是阿奇还是萧人奇，我们之间已经没有戏可唱了。请你放我一条生路，再也不要来纠缠我！"

他死死地盯着她的眼睛。

"我们明天再谈这问题，好不好？"他说，"今天你不舒服，又在气头上，我不和你争辩！明天，等你精神好一些，我们再慢慢谈！""不！"她忽然固执了起来，"你既然不肯走，我们就把话讲清楚。我没什么不舒服，精神也好得很。"她拥着棉被，神志清晰地面对他，一脸的坚决、固执和倔强，"你从阿奇变成萧人奇，对我不只是欺骗，而且是人格上的侮辱。我从一开始就说过，我不嫁萧家人,现在,我也不会自己打自己的耳光。我更不会和一个从开始就轻视我、怀疑我、把我当无耻小人来试探的人交朋友,所以,我们之间已经彻彻底底地结束了。我想,这对你不会是什么损失,你父亲会再征聘秘书的,你还有成千上万的机会去挑选,你会遇到一个比我美丽、比我优秀一千倍一万倍的女孩……"

"不要说这种讽刺的话!"他打断她,嘴唇干燥得裂开了。他的眼睛幽幽地闪烁着,阴郁,哀愁,而绝望。"只讲一句,你怎么样可以原谅我?"她摇摇头。"这根本不是原谅不原谅的问题,这是彼此尊重不尊重的问题,在我人格被怀疑的前提下,没有感情可言。如果我们继续交朋友,我铁定我们不会像以前那样快乐了,这种耻辱会永远燃烧在我心里,我非但无法再爱你,我会恨你、仇视你,甚至想报复你,不只想报复你一个人,想报复你们全家,因为你们联合起来对付我。哦,不行!"她拼命摇头,"萧人奇,我已经不再爱你了。"

"我是阿奇!"他低声、挣扎地说。

"好吧,"她忍耐地咬嘴唇,"阿奇,我已经不再爱你了!"

他阴沉地看她,咬牙说:

"你到底要逼我怎么做?和我爸爸脱离父子关系吗?"

"荒唐!"她嗤之以鼻,"脱离了关系你也是萧人奇!你不要幼稚!如果你认为经过这种侮辱之后,我还能和你继续交往，那么，你也未免太小看我了！你说！为什么你迟迟不敢告诉我真相？事实上，你心里也明白，告诉我之后，要面临的就是结束。因为，我虽然渺小，还有自尊，还有傲骨！"

他凝视她，打了个冷战。忽然体会出来，这不只是情侣间的怄气，这是种彻底的毁灭！他落进了自己的陷阱，一手造成了这种无可挽救的局面。他从床沿上站起身来，眼光阴郁如死，声音僵硬："你的意思是说，绝对无法挽回了？"

"是。""你相当无情，你知道吗？"他憋着气，"我一生没有对任何人如此低声下气，没有求过人，没有这样被刺伤过！你是个可怕的女人，你的心像被冰山冻住的铁，又冷又硬又尖利！"

她瞅着他，低哑地说："谢谢你的赞美！"他内心似乎有根绳子，紧紧地一抽。他的眉头锁成了一条线。心里在懊恼地自责，他又说错了话！怎么样说，他都没有权利在这个时候攻击她的。可是，那股男性的自尊强烈地从心底浮起来。该说的话也说尽了，她那倔强苍白的脸依然凝着寒冰，再求下去，他就把所有男儿志气都磨光了。

他毅然地甩甩头，大踏步地走向门口，伸手去握住门柄。忽然，他有种强烈的幻觉，幻想她在身后喊。

第五章

"阿奇！回来！"他倏然回头。她坐在那儿，像一尊石像，那紧闭的双唇，连动都没动。他狠狠咬牙，用力摇头，摇掉了那幻想中的呼唤，打开房门，他冲出房间，砰然一声，用力地带上了房门。

她被那房门声震动了一下，抬起头来，她看着那扇关闭着的门，觉得那"砰"然的声音，始终在脑子里回荡，就像有人拿个大铁锤，在敲一个巨钟一般。她倒在床上，用双手紧抱住头，泪水沿着眼角滚落下来，很快地浸湿了床单。

迎蓝一觉睡醒，早已日上三竿，整个房间，似乎都被那初秋的阳光照射得暖洋洋的。她疲倦地翻了一个身，觉得鼻子也塞住了，头也昏昏的，全身又酸又痛，一点力气也没有。她睁眼凝望，一眼就看见韶青正弯着腰，对她好脾气地笑着。"嗨！"韶青笑着说，"你发了一夜烧，胡说八道地讲梦话，把我吓了一跳。""我讲梦话？"她惊讶地说，"我才不信！"

"真的，你一直在说什么老头、斧头、大头、人头、眉头、心头的。你准是常常听到那支一个老头穿靴头的怪歌，夜里就开始胡言乱语！我半夜爬起来，塞了你两片阿司匹林，喂了你一大杯冰水，你还记得吗？"

"哦，"她失神地说，"我不记得了！"她想着那老头斧头眉头心头的梦话，奇怪自己怎么会说这些！噢，准是那两句词："此情无计可消除，才下眉头，却上心头。"她叹口气，看看手表，不禁叫了起来："都十点多钟了？你怎么不叫我起床，我还要去办公室办移交呢！"

"放心，"韶青整理她的被褥，把她按回床上去躺着，"你好好休息两天吧，我已经帮你打电话去达远，说你生病了要请天假，后来董事长又亲自回电话来，要你好好养病，养个三天五天都不要紧。""哼！"她哼着，"我不是要请假，我是不干了！"她掀开棉被，站起身来，不禁头晕目眩、两腿发软，她不自禁地又坐回到床上。"瞧吧，"韶青说，"人又不是铁打的，受了伤也不在乎，生了病自己也不知道，每天还东跑西跑忙得很……你昨天下午哪里去啦？""去碧潭，大概在河边吹了风。"她吸吸鼻子，"不过是感冒了，没什么了不起，给我一颗康得六百就好了。"

"你少乱吃成药！我给你煮了一碗红糖生姜水，你趁热给我喝了吧！""你这才是老婆婆处方呢！"

"嗨，别看老婆婆处方，有用得很呢！"韶青笑着奔进厨房，厨房里，已飘过来阵阵姜茶的味道，倒也香得刺鼻。

迎蓝勉强起身，去浴室梳洗了一番，镜子里的人果然憔悴消瘦。她回到房间来，韶青早把姜茶热腾腾地放在桌上，还有片烤得焦焦的面包和一个荷包蛋。

"来吃点东西吧，生病也不能饿肚子。"

她愣了愣，顿感饥肠辘辘，这才想起，昨晚给阿奇一闹，晚饭也没吃。她坐在桌上，慢吞吞地喝着姜茶，吃着面包，忽然想起来："韶青，你今天怎么没上班？你为什么不吃呢？"

"还不是为了你！"韶青笑着伸伸懒腰，"一夜听你唱什么老头靴头，闹得我就没睡好，早上看你昏昏沉沉，实在放不下心，干脆请一天假陪你！至于早饭嘛，现在快十一点了，我早就吃过了。"迎蓝歉然地笑笑："我真麻烦，是不是？"

"是。"韶青脸色一正，把身子蜷在椅子中，仔细地看她，"你和阿奇还是闹翻了？""翻了。""还有救没有？""我想没有！"韶青一呼地从椅上跳到地下，瞪大眼睛看她，仿佛她是个怪物。"我真不知道你在闹些什么。"她叫着，"阿奇有哪一点配不上你，你倒说说看。现在的社会，女多于男，阴盛阳衰，你再摆两年架子，青春一去，什么人都不会要你了！那阿奇又帅又高又挺拔，对你又那么痴情，你怎么和他说翻脸就翻脸！"

"你根本不了解，"她皱眉说，"故事可长了！"

"我不了解？"韶青走回到桌边来，双手撑着桌面，注视她，"因为阿奇就是萧彬的儿子？因为他装成穷小子来追你？"

"你怎么知道？""人家坐在这儿等你一下午，什么事都跟我说了。"

"哦？"她咽了一大口姜茶，"你看！我还能和他交往吗？他侮辱了我！""啧啧啧，"韶青咂嘴，"不要把自己抬得太高好不好？我实在不了解你，你口口声声说他欺骗，他唯一做的只是隐瞒了身份，这根本不算是欺骗，更谈不到侮辱。如果他反过来，本身是个穷小子，而冒充为阔公子，才是欺骗呢！何况，这件事对你只有好，没有坏……"

"韶青，"迎蓝打断了她，"阿奇昨天给了你多少钱，要你帮他说好话？""你——"韶青气得眉毛打结，"你这算什么话？我完全是为你好！你以为我是为钱做事的人吗？"

"为什么生气？"迎蓝深深地看她，"人家还以为我是为了钱才会结婚恋爱呢！"韶青怔了怔："你觉得你举例恰当吗？你不觉得你太过分了？"

"我不觉得。"她固执地说,"你了解萧家吗?他们伤害过许多人,像商场中的大吃小,像婚姻中的夺人所爱,他们从不觉得是自己对不起人,只想别人怎么对不起自己。他们所有的立场和出发点,只有两个字:自私!拿阿奇来说,他追求我,可是,他先防卫他自己。然后,他以为故事拆穿了,我的反应顶多和你一样,终究是一笑置之。所以他敢做,他敢一天又一天地欺骗我,他认为他反正立于不败之地,像你说的,他又不是穷小子冒充阔公子,算什么欺骗呢!事实上,欺骗就是欺骗,爱人之中就不允许有欺骗,他骗了我就是不信任我!这么多年来,他们萧家人予取予求,要什么有什么,我要给他们一个教训,让他们知道,也有他们得不到的东西!"

韶青坐下来,开始为迎蓝削一个苹果,她看看她,摇摇头:"迎蓝,你的个性太强了,最后,吃亏的还是你自己,听我的吧!阿奇是值得女孩倒追的男孩子!"

"我永远不会倒追任何男孩子!"

"我问你,"韶青好奇地看她,笑了笑,"假若阿奇并没有骗你,他确实是个穷小子,不只是穷小子,他还是杀人犯,逃狱的人,正在被追捕当中,换言之,还是个坏小子,那么,你就满意了吗?你就死心塌地地爱他了吗?反而不受伤也不生气了吗?"她沉思,喝光了姜茶。

"可能。"她说,"最起码我没被骗!"

"荒唐!"韶青叫道,"你荒唐而固执,你小说看得太多了，对人生了解得太少了！"她把苹果放在盘子里推到她面前，"吃点水果，然后到床上去躺着。我到菜市场去买点菜，自己烧点东西吃，难得我们两个都在家。每天吃速食，吃得我真倒胃口。""少买点菜！"迎蓝啃着苹果说，"我今天晚上不在家吃饭，有人请客！""哦，"她怔住了，"谁请你？"

"那个拿刀子顶我脖子的人，黎之伟。"

"也是昨天带你去碧潭吹冷风的人？"

"嗯。"她哼着。韶青呆站了片刻，沉思着，然后抬起头来，开朗地笑了。

"阔公子退位，穷小子登场。"她笑着说，"迎蓝，我真没想到你'嫌富爱穷'到这个地步，咱们那菜市场，还有个衣不蔽体的小乞丐，要不要我带回家来给你看看！"

"你少胡说八道了！"迎蓝忍不住也笑了起来，"黎之伟不是我的男朋友，他是祝采薇的。"

韶青摇头："我搞不懂你们，这种关系会让我头昏脑涨。"她去厨房取了菜篮出来，坚决地说："迎蓝，你今天不许出去，病没好，再累着，我对你妈妈无法交代。你和那个黎之伟，就在我们家吃饭，我弄菜给你们吃，如果需要我退场，你给我个暗示，我马上出去坐咖啡馆！""别胡思乱想了！"迎蓝噘着嘴，骂着，"我又不是女色情狂，见一个爱一个的！对黎之伟，我不过是想鼓励他振作起来而已。""危险！"韶青伸伸舌头，"如果我是男人，有你这样一位才貌双全的女孩来鼓励我，我非被鼓励得'忘了我是谁'不可！""你再胡扯！"迎蓝笑着站起身来，想找样东西来打她。韶青慌忙逃出房间，一面关上门，一面说：

"哈！我总算把你逗笑了！"

韶青走了。迎蓝把吃脏的杯子碟子洗干净了，收拾好房间。她们这间卧房带客厅带餐厅的小公寓总算还雅洁可喜。整个打扫完了，她又倦了，往床上一躺，不知怎么，就又沉沉入睡了。再睡了这么一大觉，到晚上，她是真的精神振作，神采焕发了。病也好了。韶青的"老婆婆药方"显然有效。她换了件鹅黄色的衣裳，带着三分娇弱，坐在客厅里，连韶青都说她是"我见犹怜"的。黎之伟准时来了，韶青殷勤招呼，他注视迎蓝，知道她已卧病一天，就跌脚叹息了。

"我昨天就知道她不对劲，应该马上去看医生的，她自己一直说没事没事！""不过，也被我们家的李大夫给治好了。"迎蓝笑着说。

"李大夫？"黎之伟怔了怔。

"就是李韶青呀！"迎蓝笑着，"她是我的私人大夫，私人护士……""私人管家，"韶青笑嘻嘻地说，"私人秘书，还有私人大厨师！"她拉开椅子，请黎之伟坐。"黎之伟，你坐坐，我这个私人大厨师要去表演手艺了。"

黎之伟坐下来，好奇地打量这房间，又好奇地看看韶青的背影:"能有个知心的朋友一起住,实在不错,是不是?"他正色看她了,"你和萧人奇的交涉办得怎么样了?"

"已经了断了。"她说,脸色阴暗下来。

"真了断了吗?"黎之伟不信任地说。

"真的,我跟他说得清清楚楚了,他也是个很骄傲的人,今天一整天,他连电话都没打过一个!"

"你很遗憾?"他一针见血地,"你在期望他的电话,是不是?"他对她不赞同地深深摇头:"你仍然很喜欢他!这也难怪,毕竟,你已经付出了那么多,不是一天半天就能收回来的!"她不语,有种被人看穿心事的尴尬。

韶青出来了,端着菜盘。迎蓝慌忙跳起来帮忙,张罗碗筷,布置餐桌。多亏韶青能干,居然做了五菜一汤,有狮子头、韭黄炒肚丝、青椒牛肉、蛋饺和一盘素菜。汤是纯纯的鸡汤,一桌子香喷喷的,香得迎蓝都在咽口水,她觉得饿得可以把整个桌子都吃下去,不禁由衷地欢呼起来:

"韶青,你真是天才!我不知道你还会包蛋饺!"

"天才?"韶青笑脸迎人,"现在这时代,女人都坐办公桌,连一些女性基本应该会做的事,都变成了天才!这实在不知道是进步还是退步!"她望着黎之伟:"你要不要喝一点酒?"

"哎呀！"迎蓝惊呼，"不能给他酒喝！这个人一喝酒就变样子！千万别拿酒来！""只一小杯葡萄酒，"韶青笑着说，"葡萄酒根本喝不醉！"

"是的！"黎之伟的酒瘾发了，慌忙接话，"那和喝糖水差不多。迎蓝，你也该喝一点，能治感冒！"

韶青拿了一瓶红葡萄酒来，又拿了三个杯子。大家坐下，喝了一点酒，吃了许多菜，一层浓郁的、和谐的、像家庭般的温暖气氛，就在餐桌间弥漫开来。逐渐地，大家都摆脱掉拘束与心事，都变得热烈而兴奋起来，大家都有些薄醉。本来，三个人都各怀心事，这一会儿，酒入愁肠，就都发生了作用。韶青变得非常爱笑，动一动就笑，说一句话也笑，这笑像传染般立即传给了迎蓝，她也笑了起来，一笑就不可止。两个女孩的笑当然刺激了黎之伟，他也笑起来，一时间，满屋子里充满了笑声。"黎之伟，"迎蓝边笑边说，"你为什么留那么多胡子？"

"对啊！"韶青也笑着接话，"我开门时没看清楚，以为来了一只大猩猩！"黎之伟用手摸胡子，笑着说："因为我的嘴长得很难看，我把它藏在胡子里，你们就看不清它有多丑了！""不行！"迎蓝叫着，"你要把胡子剃掉！"

"不剃！"黎之伟叫，"我是兔唇！"

"胡说！"韶青直扑过去，要分开他的胡子，找他的嘴，"给我看看是不是兔唇！""他不是兔唇，"迎蓝笑得伏在桌子上,"他是鸭唇,像唐老鸭一样,呱呱呱的。""他还是顽皮豹唇呢!"韶青笑着说,忽然惊呼,"哎呀,不得了,迎蓝,他只有胡子,没有嘴!"

迎蓝大笑特笑了。她站起来,抱住韶青,把她抱回椅子上,笑着说:"你喝醉了,韶青,你醉了。"

韶青坐正身子,又给每人倒满了酒杯。

"我告诉你们,我为什么留胡子。"黎之伟喝了一大口酒,正色说,"有一天晚上,我带了一个女孩出去吃夜宵,那女孩盯着我的嘴看,我知道我的嘴是五官里最丑的,我说:别看我的嘴!那女孩说:我就喜欢你的嘴!后来,那女孩又看我的腿,我说:别看我的腿!他妈的,就是这两条腿长坏了,如果再长那么两三厘米,我就有一八〇了,你知道,迎蓝,萧家两兄弟都不止一八〇,抢球、跑垒、抢女朋友都比别人强,我最恨我的腿了。谁知道,那女孩对我纯纯地说:我最喜欢你的腿了!哈,我这一乐,当场就写了一支歌!"他拿筷子敲着盘子,大唱起来:"不看你的嘴,不看你的腿,看了之后心里跳,不知是否撞到鬼……"

迎蓝和韶青笑得滚在一起,笑得眼泪都出来了。两人拿着餐巾纸,彼此给对方擦眼泪。黎之伟喝着酒,大声地说:"故事还没有完呢!""说呀!"迎蓝笑着喊,"说下去呀!"

"一星期以后,"黎之伟继续说,"我在一家咖啡厅又碰到这个女孩,她正和一位男歌星在一起,我听到那女孩在说:我最喜欢听你唱歌,我最喜欢听你吹牛了。那男歌星轻飘飘的就快神魂颠倒了。我忍不住走过去,又唱了一支歌!"他再度"击盘"而歌:"某年某月的某一天,就像一张破碎的脸,难以忘掉你歌声,就让一切走远。这不是件容易的事,我们却都没有哭泣。那人有张大嘴,你又能歌能吹,到如今年复一年,我不能停止恭维,恭维你,恭维他,恭维那遍地苍生,只为那虚荣的手,掐死我的温柔。"

迎蓝是笑得不能待在餐桌上了,她又笑又跳,倒在床上,捧着肚子,韶青也笑不可抑,笑得把酒杯都弄翻了,只有黎之伟不笑了,他用一只手握着酒杯,一只手托着下巴,呆呆地凝视着屋里两个爱笑的女孩。韶青好不容易笑停了,抬头望着黎之伟。"黎之伟,"她说,"你的歌唱得很好!"

"应该当歌星的,是不是?"他反问。

"再唱一支给我们听听!"

"好!"他爽朗地应着,立即唱:

对酒当歌,人生几何?
譬如朝露,去日苦多……

迎蓝笑着奔过来,抱住他的手臂,又摇又喊:

"不要唱这样的歌,不要唱悲哀的!我们都没有悲哀,没有失意,没有烦恼,对不对?我们唱快乐的、开心的歌,唱呀!黎之伟,唱呀!"

黎之伟真的又唱了:

阿桌阿上一瓶葡萄酒,
阿娇阿娇艳得红透透,
阿黎背着那重重的壳呀,
一步一步地往上爬。
七楼七楼两只黄鹂鸟,
阿嘻阿哈哈地在笑他,
醇酒美人你无份呀,
你要上来干什么?
阿蓝阿青啊不要笑,
酒不醉人人自醉了。

他匍匐在桌上,似乎真的醉了。迎蓝抱住了他的肩,把面颊靠在他背上,眼眶红了。韶青跟着那拍子,摇头晃脑重复着他那最后两句歌词:

"阿蓝阿青啊不要笑,酒不醉人人自醉了。"

就在大家都已"忘了我是谁"的时候,门铃忽然响了起来。韶青依然摇头晃脑地唱着歌,脚步跟跄地走去开门。迎蓝依然靠在黎之伟的背上,用手梳弄着他的浓发，黎之伟依然匍匐在桌上，嘴里还哼哼哈哈地不知唱着什么。门开了。阿奇大踏步地走了进来，手里抱着一束清香娇嫩的茉莉花。面对屋里的这个局面，他一呆，手里的花束散落到地上去了。

迎蓝慢慢地把头抬起来，看到阿奇了。她双颊红艳艳的，嘴唇也红艳艳的，眼睛水汪汪的，笑容也水汪汪的。她在桌上倒了一杯红葡萄酒，含笑地走过去，一面递上酒，一面轻轻地唱着：

阿桌阿上一瓶葡萄酒，
阿娇阿娇艳得红透透，
……

阿奇一把夺过酒杯，恼怒地问：
"你们这是在干什么？"
黎之伟从他匍匐的地方抬起头来了。他慢慢地站起身来，慢慢地回过头来，慢慢地走到阿奇面前，他用左手拥着韶青，用右手拥着迎蓝，笑嘻嘻地说：
"你不知道我们在干什么吗？"
阿奇对他怒目而视，哑声说：
"你就不能离她远一点吗？"
"你就不能离她远一点吗？"黎之伟一模一样地顶了回去。他笑嘻嘻地吻了吻韶青的面颊，又笑嘻嘻地吻了吻迎蓝的面颊:"我们正在开庆祝会!庆祝我们的新生!是吗?"他问迎蓝:"庆祝我们摆脱萧家的魔影,重新找回我们自己,是不是?迎蓝,你为什么不赶这个人走?为什么要让他来破坏我们的欢乐?"迎蓝笑嘻嘻地抬起头来,笑嘻嘻地对阿奇说:

"你来做什么?你走吧!我们在唱歌呢!"

阿奇伸手去抓迎蓝。"你醉了!"他喊。黎之伟慌忙把迎蓝拉开,迎蓝几乎完全倒在他怀中。他揽紧了迎蓝,对阿奇暴怒地喊:

"你少碰她!她并没有要见你!"

"迎蓝!"阿奇忍耐地叫了一声,眼光直直地看着迎蓝,"你说一句话,如果你真跟了这个人,我们之间就一刀两断;如果我再来纠缠你,我就是乌龟王八蛋!我说到做到,只要你一句话!"迎蓝醉眼迷蒙地看他,笑容可掬。

"一句话?"她喃喃地重复着。

"一句话!"他大声说。

迎蓝笑看黎之伟,又笑看韶青,最后笑看阿奇。

"再见!"她笑嘻嘻地说。

阿奇所有的肌肉都僵硬了,他死死地再看了她一眼,死死地又看了黎之伟一眼,再看那杯盘狼藉的桌子,那瓶已快喝完的红葡萄酒,他甩甩头,毅然决然地转过身子,头也不回地走出去了。迎蓝笑着坐在地毯上,笑着拾起那些茉莉花，笑着把面颊依偎到那小小的花朵上去。

韶青依旧在唱着："阿蓝阿青啊不要笑，酒不醉人人自醉了！"

迎蓝许多天都没有去达远。

这些天，她都过得相当懒散，吃吃喝喝睡睡，偶尔和黎之伟出去走走。她不去达远，实在是一种逃避，刚开始想辞职的那种决心，已有些动摇，她知道找工作的困难，可是，不辞职，她又不知道如何面对达远、萧彬，和随时可能碰面的阿奇。而且，最主要的，她不知道怎么向萧彬开口。

这些日子里，黎之伟天天都来，已成为她们小公寓里的常客。迎蓝和韶青都同样欢迎他，因为他已收起他的愁苦面，他能说能笑能唱，常常逗得迎蓝和韶青狂笑不已。黎之伟不大提他的工作情形，大家也心照不宣不闻不问。几天下来，他们三个之间就建立了一种非常微妙的关系，像家人，像兄妹，又比家人和兄妹间更坦白、更亲切。黎之伟常在深夜带瓶酒来，两个女孩都没什么酒量，黎之伟是不醉也带三分酒意的。因此，三个人也曾又哭又笑，各人谈各人男友、女友，有失去的，有闹翻的，有根本得不到的。

这一天早晨，迎蓝终于决定面对现实了，她必须和达远之间作一番了断。梳洗过后，她整洁而清爽，穿了套比较正式的衣服，她去了达远。

一走进达远的电梯,她顿感心头悸痛,和阿奇在电梯中相遇的一幕仍然紧扣心弦。走出电梯,她四面张望,公司里的经理级刚刚来上班,见到她,每个人都点头致意,总经理还特别跑过来和她握握手。

"病好了吗?这种忽冷忽热的天气最容易害病。你赶快恢复上班吧,你不来,整个公司都乱乱的!"

她微笑不语,只敏感地觉得,每双凝视她的眼光都是怪异的、好奇的。她很快地退进自己的办公室,萧彬还没有来上班。她放下皮包,开始整理抽屉里的档案、文件、书信……把它们分门别类地用回纹针、橡皮筋绑起来,以便于下一任的秘书接手。下一任的秘书,她的手停顿了一下,她会是谁?一定够漂亮、够温柔、够迷人的,她会是阿奇的捕获物了吧?

她正想得出神,桌上的叫人铃响了。萧彬来了,她的心"怦"地一跳,居然像第一次应征那么心慌意乱。

她走进了董事长室,萧彬不在办公桌后面,他在会客室的沙发中坐着,深深地在抽一支烟。

"过来!迎蓝。"他的声音平静而带着权威性,"到这边来坐坐。"她顺从地走了过去,在他对面坐了下来。

他熄灭了烟蒂,仔细地看她。

"病全好了?"他问。"嗯。"她哼着。"是身体上的病呢,还是心病?"他再问,开门见山地把话题立刻拉进主题。她瞪视他,觉得自己有些木讷。"都有。"终于,她吐出两个字来，决定不绕弯子，以坦白对坦白，"我今天来办移交，希望你先找个人来接收一下，在你找到新秘书以前，我想，总经理那儿的江小姐，可以先来兼任一下。""你要辞职？决定了？"他眼光锐利。

"嗯，决定了。"她说。

他又燃起一支烟，慢吞吞地吸着，慢吞吞地说：

"你要走，你有自由，我不会勉强你留下。但是，你最好想想清楚，在台北找工作并不容易，达远的待遇不低，工作环境和性质都是第一流的。这些日子来，你帮了我很多忙，我不能不承认你是个好秘书。你能不能把你的工作和你的感情问题分开来，不要混为一谈？"

她沉思了片刻。"恐怕不行。"她说，"我如果在这儿上班，我就逃不开阿奇！""阿奇已经走了。"他静静地说。

她吓了一跳。"走了？走到哪儿去了？"她惊问。

"他自己请求调美国办事处，走得很匆忙，也很坚决。我只有两个儿子，大儿子娶了祝采薇，小儿子走了，我的弟弟们都已结婚，侄儿里最大的只有十三岁，最小的才出世……你对我们萧家，是不是可以放心了？"

她瞅着他，他眉头微皱，声音沉稳，可是，他全身都带着某种既无奈又伤感的情绪。他再吸了口烟，正视着她。

"人真奇怪，"他说，"到了老年，就会恐惧家庭的分散，我很喜欢阿奇，他走了，我觉得我像是失去了一只手臂，平常，公司里许多大决定，都是他做的。我那大儿子像妈妈，性格文静，这小儿子就像我，做事果断而富侵略性。我始终没跟你说清楚，他一直在五楼上班，五楼是我们的企划部，他是那儿的总负责人。他这一走，企划部等于垮台，所以，他决心要走的时候，我非常生气，我骂他不负责任，他却为了一段感情，就逃到天涯海角去。他生平第一次，那么沉默着不说话，不反抗，不顶嘴，也不申辩，拎了个小皮箱，只装了点换洗衣服，掉头就走了。他妈妈追到机场，还想阻止他出境，他对他妈妈说：又不是生离死别，伤心什么？你们随时可以来看我。我也随时可以飞回来！就这样，他就走了。"

迎蓝睁大眼睛，眼里忽然就蒙上了一层泪光。她想开口说什么，喉咙哑哑的，就是说不出口。萧彬振作了一下，坐正身子，再看她："你怪我们家集体在骗你，是吗？迎蓝，我们从来没有骗过你！"她惊愕地抬头看他，眼里仍然有泪水在转动。

"你刚来的时候，我们对你都不怎么认识，阿奇骗了一个他不认得的陌生女孩，等他认得你之后，他一心一意只想保护你，绝不想伤害你。迎蓝，你用心想一想吧！为什么把他骗一个陌生女孩的罪过要拉到自己身上去，假若他一见你，就知道你是你，他怎么会骗你？怎么会把自己弄得那么悲惨？一定要远走高飞？他一向就没缺过女朋友,他对所有的女孩都提得起、放得下!"她眨着眼睛,一语不发,睫毛上闪着泪珠,在那儿摇摇欲坠。她呆呆地看着萧彬。

"好了,"萧彬站起身来,"如果你决心辞职,我不留你;如果你愿意留在达远,我很感激——我已经再没有兴趣招考女秘书了。如果你真不干了,我要找个四十岁以上已婚妇女来代替你。"她也站了起来,直视着萧彬:"我——做下去。"

萧彬点点头,从口袋里掏出一个信封,递给她。

"这是阿奇在机场,交给他妈妈的,托她转给你,我不知道他写些什么,如果你不愿意看,可以丢字纸篓!"

她握住了信封,退出萧彬的房间,回到秘书室里,她立刻关紧了房门,望着那信封上龙飞凤舞般的笔迹:

"留交夏迎蓝小姐亲启 阿奇"

她深深吸气,拿起桌上的剪刀,她剪开了封口,抽出了信笺,只看到上面草率而仓促地写着几行字,显然是临上飞机前写的:

只为了一声"再见",

就这么远远离去,说起来多么潇洒,做起来几番迟疑,

也曾经蓦然回首,找不到灯火阑珊处,也曾经望空呐喊,只看到白云飘然去悠悠,

挥挥衣袖，不说离愁，
偏偏心底荡起那么两句：
才下眉头，却上心头！

就这么短短的几行字，她却泪湿衣襟了，把信笺再念一遍，她发现后面还有一行小字：

又及：如果如果如果如果……有那么一天，你忽然想起了那个叫电梯等人的坏家伙，你可以马上拨一通长途电话，号码是×××—××××××，找一个姓萧名叫人奇的家伙传话给他，他必归来，与你同在！但是，注意，一周内不打电话，就不要再打了，那坏家伙多半去找金丝猫了！

她抚平了信笺，把信笺摊在桌上，一遍又一遍地读着，一遍又一遍地读那"又及"，直到整封信都能背诵了为止。有一阵，她心血来潮地想拿起电话，直接接美国，又废然地停止了。是她把他赶走的，是她不想见他的，是她要求了断的！而且，他到最后还在威胁她呢！如果一周内不打电话，就不要再打了，他要去找金丝猫了！换言之，他只等一个星期的电话！过期不候！好大的架子！毕竟是萧彬的儿子！

她开始机械化地把信笺折叠起来,收进皮包,心里空荡荡的,像一片空白,空白的底层,却一直反复地荡漾着那封信,和那短短的"又及"。她伸手去拿电话,又强迫自己把手收回来,不能打电话!达远有接线生会偷听!不许打电话,打了,就是她示弱了,她不打!最起码,如果要打,也等过完一星期再打!她心绪乱乱的,脑中昏昏的,拿着一支原子笔,在拍纸簿上胡乱地画着线条,画满了,又开始画圆圈,大圆圈,小圆圈,画着画着,心里却冒出两句话来:

"相思欲寄从何寄?画个圈儿替……"

她的脸蓦然一红,在心里暗骂了一句:"不要脸!怎么可以想他?"把这张纸揉成一团,丢进字纸篓,换了一张纸,她开始练字:大、中、小、你、我、他、人、狗、猫……"哇,你在骂我是狗!"阿奇说。"哇!你又骂我是猫!"阿奇说……呸呸,不要脸啊,夏迎蓝!她慌忙再把这张纸丢掉。再度拿起一张纸来,这次,她在整张纸上,写满了两句话:

才下眉头,却上心头!
才下眉头,却上心头!
……

她停了笔,瞪着那张纸,呆住了。完了,今天夜里,又该说梦话:"老头、靴头、拳头、斧头"了!她长长地叹口气,用裁纸刀把那张纸机械化地裁成一条又一条,一条又一条,然后,把每一条都结在一起,结成一条好长好长的带子,再慢慢地扔进字纸篓。这一天似乎过得很漫长,工作少之又少,电话也不多。大概萧彬交代过,不要太劳累她。很多公文都不经过她,而直接送到董事长室去了。终于,到了下班时间,她回到家里,韶青也刚回家,正和黎之伟在厨房中合作做晚餐,今晚,黎之伟自己带了一瓶酒来。居然是瓶香槟。"有事情需要庆祝吗?"她问,坐到床边去换掉鞋子。

第六章

"有!"黎之伟走出来,靠在墙上,瞅着她,"庆祝你跟阿奇讲和吧!""你怎么知道我和阿奇讲和了?"她没好气地问。

"因为你没辞职。""我是没辞职,"她大声说,"因为阿奇已经走了,到美国去了。""哦?"黎之伟侧头沉思,"这不知道又是三十六计中的哪一计!""什么?"她叫,"你以为……"

"这叫欲擒故纵,也叫三十六计,走为上计!"黎之伟笑嘻嘻地说,"别对我说你不想他,别告诉我你已经软化了!你瞧,这就是有钱的好处,必要的时候,马上可以有证件有机票去美国,表演一手'失踪',让你先心乱一下,尝尝离别的滋味。那萧老头呢?一定配合了演戏,悲剧性的父亲,留不住最疼爱的儿子。嗯……"他哼着，深刻地盯着她："如果我当时有钱有能力，我也去美国了，好让采薇急一急，说不定一急一疼之下，就大有转机！"他皱皱眉，用手指揉着胡子，若有所思地加了一句："行动真快啊，咱们要去美国，证件就要办一个月！""或者，"迎蓝像从梦中醒来一般，"他根本没走，还在台北……哦，不可能！"她想着那美国办事处的电话号码。"我肯定他已经走了！"黎之伟振作了一下，挑起眉毛，热烈地说：

"管他走了没有！如果你还爱他，他在美国也像在你身边；如果你已经不爱他，他在你身边也像在美国！好吧，就算他去了美国！迎蓝，拿出点精神来！拿出点魄力来！别让我骂你输不起！现在，我要告诉你一个好消息，你知道我为什么带香槟来吗？我回到报社去工作了！"

"是吗？"迎蓝振作了一下，勉强把阿奇抛到脑后去，她定睛看黎之伟，这才注意到他神采飞扬、满面欢愉，和那个用刀抵她脖子的人已差了十万八千里远！那时，他是个凶神恶煞，现在，他是个傲气十足的年轻人了。她从床上跳起来，由衷地感到欣慰："太好了，阿黎。"自从黎之伟唱了那支"阿黎背着重重的壳呀，一步一步往上爬！"的歌，她和韶青，就都简称他为阿黎。就像他偶尔也喊她们两个为"阿蓝、阿青"一样。"那社长对你还不错，是吗？"

"是,他一直对我很好。我告诉他,我决心奋发了,请他再给我一个机会,我说,试用我一个月,我不要薪水!他居然说:不用试了,我看到你的眼神,就知道你大病已愈。所以,我重新被重用了!"

韶青围着围裙,从厨房里跑出来,拍手说:

"好啊!你们两个,等着我做好了侍候你们吃吗?"她笑意盎然,"快快!来帮忙,拿碗筷!"

迎蓝和黎之伟都跑进厨房,端菜的端菜,端汤的端汤,铺餐巾的铺餐巾……一切就绪以后,韶青四面张望,举手说:

"等一等,还少一样东西!"

她从抽屉里找出一根蜡烛和烛杯,把蜡烛燃了起来,放在桌子正中,迎蓝跑去把电灯关掉一部分,只留下窗边的两盏壁灯,室内顿时变得影影绰绰,幽幽雅雅的饶富诗意。黎之伟再跑过去,把落地大窗的纱帘拉了起来,让台北市的万家灯火,都闪烁在云里雾里。然后,他们围桌而坐,黎之伟开了香槟瓶,那瓶盖"砰"然一声,飞到老远,韶青和迎蓝欢声大叫拍手。黎之伟注满了三人的杯子,忽然一本正经地,举杯对迎蓝和韶青说:

"谢谢你们两个。尤其你,迎蓝,你把我从毁灭中救过来了!我现在才知道,塞翁失马,焉知非福!"

他似乎话中有话。迎蓝的脸色红了红,一仰脖子,干了香槟,她故作轻快地说:"好了!现在,我们三个都有工作了。"

"嗯,"韶青举杯,笑盈盈的,"为天下不失业的人干一杯,再为天下失恋的人干一杯!"

黎之伟干了第一杯,然后压住韶青的手,正色说:

"第二杯不喝!'失恋'两个字本身就不通!"

"怎么?"韶青不解。

"'恋'这个字是一种心情、一种感情,只要我们恋爱过,我们永远无法失去,我们所能失去的,可能只是一个人,和我们在这个人身上所加诸的幻想。"

"你很抽象。"韶青说。

"我很具体。"黎之伟盯着她。"阿青,"他语重心长,"离开那个驾驶员吧!他如果真爱你,他不会忍心让你这么痛苦,他会想办法来解决你们之间的问题!"

"你怎么知道我痛苦?"韶青失神地问。

黎之伟用手摸摸她的面颊,和唇边的笑痕。

"笑是遮不掉寂寞的。"他说。

"嗨!"迎蓝插了进来,用手拉住黎之伟的手腕,"你这个人有点问题!"她说。"什么问题?"黎之伟回头望迎蓝,"说说清楚!"

"你怎么劝每个女孩子离开她们的男朋友呢?幸与不幸,是她们自己的事,你为什么要干涉呢!"

黎之伟用手指捏住她的小下巴,把她的头托了起来,他又摇头又皱眉又叹息:"迎蓝啊迎蓝,"他深刻地说,

"如果你真陷得那么深，如果你真离不开阿奇，你可以马上打个电话！"

"打个电话？"她吓了一大跳，本能地想到那张信笺，难道黎之伟有透视能力，已看到信笺的内容了吗？

"是啊！打个电话到萧家去，告诉萧彬，你要阿奇回来，我包管你，阿奇明天晚上就站在我站的地方了！"黎之伟说。

她愣愣地望着他。"你争点气吧！"黎之伟忽然怒冲冲地叫，把香槟杯重重地往桌上一蹾，酒从杯子里跳出来，溅湿了桌布。他恼怒地瞪着她，厉声说："有一个摔得比你更重的人都站起来了，你还要往地狱里爬过去吗？你要不要我把你自己说过的话重复一遍给你听！""不。"她轻声说，被动地握着酒杯，"不，不必，我……我不会打电话！"他甩了甩头，重新端起香槟，他用手支住头，默然沉思，眼睛注视着菜盘。忽然，他抬起头来，笑了，一边笑，一边爽朗地说："我真的没这个权利，来干涉你们的恋爱！我很自私，很霸道，只因为我自己失去了爱人，我就希望你们每个人都失去爱人！这是病态，是不正常的！别理我的话，阿青；也别理我的话，阿蓝。你们是自己的主人，要怎么做，就请怎么做！不要再受我的影响了！"他站起身，放下酒杯，转身欲去。

"你要去哪儿？"韶青惊问，"菜都没吃完呢！"

"我必须走开!"他哑声说,"这蜡烛和香槟、夜色、和你们两个,使我心痛。两个女孩,都为别人笑,为别人哭,属于我的笑和哭呢?也早已属于别人了。对不起……"他走向门口,好像喝香槟也会喝醉似的,"我要走了。我要去找个女孩吃夜宵,她会对我说,我喜欢你的嘴,我喜欢你的腿……"韶青走过去,拉住他的手,把他带回桌边来。

"别走了。"她柔声说,"你就在这儿吃夜宵吧!我会对你说,我喜欢你的嘴,我喜欢你的腿……"

他重新坐下,仔细看她。

"你说谎!"他笑着,"你根本看不到我的嘴,我留了胡子!你看不到!""哈!"韶青挑起了眉毛,笑了,"我以为你醉了,原来你清醒得很呢!""醉,是根本没有醉。"他喝了口香槟,开始吃菜。他的眼光在两个女孩身上转。"清醒,我也不见得清醒。如果我醉了,我会吻你们两个;如果我够清醒,我就根本不会到这儿来找你们了。"韶青和迎蓝对视了一眼,再惊愕地看向黎之伟。黎之伟没看她们,又在那儿自顾自地唱起歌来:

……阿黎背着那重重的壳呀,
一步一步地往上爬,七楼七楼两只黄鹂鸟,
阿嘻阿哈哈地在笑他,
醇酒美人你无份呀,你要上来干什么?……

接下来好长的一段日子,迎蓝都过得有些昏昏沉沉、迷迷惘惘的。达远的工作又进入了轨道,忙碌、紧张,听不完的电话,回不完的信,定不完的见客时间,打不完的字……忙碌也好,忙碌可以治疗人的心病,可以冲淡某些回忆。冲淡,真的冲淡了吗?她不敢说。阿奇留下的纸条,始终在她皮包里,她几乎时时刻刻,都会把它拿出来看上一两遍,但是,她始终没有拨过那个电话号码。

她知道,不拨这个号码,确实是受了黎之伟的影响,怕黎之伟嘲笑她,怕黎之伟骂她,怕自己"提不起,放不下"而最后还是走进萧家的大门。她强迫自己不去想这电话,一天、两天、一星期、两星期、一个月、两个月……日子一旦这样规律地滑过去,她打电话的可能性就越少。惰性和矜持变得一日比一日深。真要叫他回来吗?这个电话一打,她就命定属于萧家了,再也没有回转的余地了。而且……而且……阿奇说过只等她一星期,现在已经好多个星期了,万一他在国外已有女友,她岂不是又去自取其辱?这电话是万万不能打了。另外一方面,黎之伟的变化几乎要令人喝彩。他上班一个月后,已经成为老板的红人,他分期付款买了辆摩托车,背着个老爷照相机,不分昼夜地跑新闻,常常晚上来小公寓里吃晚饭,他还边吃边赶新闻稿,一顿饭没吃完,他又跳起来去报社交稿了。有时，已经三更半夜了，他会忽然打个电话来，问她们两个允不允许一个"累坏了"的小记者上来和她们共用几分钟的恬静。每当这种时候，她们总是披着睡袍放他进来。他会坐在地毯上，背靠着沙发，真的累得动都不能动。韶青会立刻为他冲杯热牛奶，再煎个蛋，强迫他吃下去。迎蓝会好奇地缠住他，问：

"今天有什么大新闻？"

"有啊！"他精神一振，立刻睁开眼睛，眼光灼灼地说，"有个七十五岁的老太太，今天和她孙子的朋友结婚了，那男孩子只有十八岁。""胡说！"韶青笑着打他一下，"哪里会有这种怪事！那男孩的家里怎么会同意？""男孩家里倒没话说，因为男孩是个孤儿，我访问他为什么要结婚？他傻兮兮地问我：不结婚也能有家吗？也能有儿有女，有孙儿孙女曾孙子吗？我觉得有义务开导他一下，告诉他娶个年龄相当的女孩，将来一定也有个大家庭。那男孩睁大眼睛说：那我岂不是要再等五十年，我好不容易找了条捷径，你别来混我！"韶青和迎蓝都笑了，迎蓝傻傻地问了一句：

"他并不爱她吗？""哎呀，我的好小姐，"黎之伟大叫，"世界上真正为爱情结婚的有几对？"

迎蓝涨红了脸，痛在心里，气在眉头。

"我跟你赌，世界上百分之八十的人都为爱情而结婚!"

韶青慌忙跑过去,搂着迎蓝的脖子,亲昵地说:
"爱赌的毛病还没改啊!动不动就要跟人赌!"

黎之伟喝完了他的牛奶,笑嘻嘻地凑过头来:"别生气,"他沉稳地说,"我相信你们都会为爱情而结婚!我祝天下有情人皆成眷属!明天,我会去找些有人情味的新闻来告诉你们……"他忽然想起什么,又说:"今天还有个花边新闻,我照了相。有个太太跟丈夫吵架,一赌气从五楼上跳下去,刚好丈夫下班回家,看到有人跳楼,本能地就上前一抱,谁知人体下坠的冲力很大,丈夫被压昏了,太太倒没事,等救护车赶到的时候,丈夫说了一句话:'恨我,也不必用这么古怪的方法谋杀我!'说完就死了。"他站起来,蓦然间大急特急,"糟糕,我的照片还没送进暗房,明天怎么见报!我走了,我要赶到报社去!拜拜!"

他像旋风似的就卷走了。两个女孩也被他闹得不能睡了。一直谈论这两个新闻,太太跳楼压死丈夫,少男娶老妇……两人又谈又笑又摇头。第二天早上,两个人起来的第一件事,就是抢着翻报纸,她们早就退了原来的报,而改订了黎之伟的。结果,翻遍报纸,两个新闻一个也没有。韶青摇摇头:

"这家伙尽编些故事来唬我们。"

"在这方面,"迎蓝叹口气,"他和阿奇倒有几分相像。"

"迎蓝,"韶青掉头注视她,"你还没有忘记阿奇吗?你还在爱他吗?""不不,"她言不由衷,转身去换衣服,"我忘了,早就忘了。""只怕不是忘了,忘了,"韶青说,"而是忘不了,忘不了!"迎蓝不说话,钻进浴室去了。

日子这样过下去,倒也很好混,一天又一天,日升又日落,办公室里的忙忙碌碌,下班后,有韶青和黎之伟谈笑风生。这种生活倒也不错,不要去想未来,不要去想过去,就让日子滑过去,滑过去,滑过去⋯⋯

秋天将尽的时候,天气转凉了。每天总要下阵雨,把全台北市下得湿湿的。这种雨打纱窗的日子,会让人的情绪低落,会让人容易感触,也容易伤怀。迎蓝觉得自己已经陷进了这种低潮,而且,萧彬似乎也陷进了低潮,这能干的老人忽然变得沉默了,双鬓的头发又白了不少。有天上午,萧彬召集高层会议,迎蓝循例和江小姐两人做记录,她发现,讨论的内容居然是:企划部是否解散?萧彬有许多理由,石油涨价了,生活负担又加重了,原有的企业已难维持,新企业在经济动荡的时候是不是要停止发展⋯⋯迎蓝记录着记录着,心里的痛楚就在加重,她知道,什么理由都不成理由,最主要的理由是,他以为阿奇很快就会回来,没料到,他真的一去不回了。这天中午,她走出大厦,想到大厦对面的餐厅里去吃点东西。突然,很意外地,她发现街道旁边停了一辆很熟悉的、深红色的欧洲车。她正沉吟着,采薇已经从驾驶座上伸出头来:"迎蓝,上车来,好吗?我特地在等你!"

她上了车。采薇一身淡淡的紫衣,像一瓣刚出水的荷花,娇嫩而雅致。她风采依旧,面颊似乎还胖了些,眉间眼底,依然有着几分轻愁,这几分轻愁,反而增加了她的韵味。她们开车直赴当初那间情调很好的西餐馆,坐下了,迎蓝只点了一客三明治,因为她什么都不想吃,采薇倒点了一杯酒,和一份生菜沙拉。迎蓝看着采薇,她知道采薇一定有话要讲。

"迎蓝,"果然,她开了口,"我听说,你最近常和黎之伟在一起。""唔。"她哼着,略带点敌意地看采薇。难道你抛弃的男友,还不许别人接近吗?

"你喜欢他吗?"她放低了声音,细腻地问,眼底是一片温柔与真挚。"是的,我喜欢他!"她冲口而出。

"超过你喜欢阿奇?"她再问。

"这……"她迟疑不语,终于正眼注视采薇,"这与你有关系吗?"采薇握起酒杯,轻轻地抿了一口,她的嘴唇薄而小巧,在酒杯边缘留下了一个美好的唇印。

"我不知道有没有关系。"采薇深思地说,"黎之伟对于我嫁进萧家,简直恨之入骨,他一直在想办法报复。阿奇临走以前对我说了一句话:父债子还,兄债弟还。我当时根本不了解他是什么意思,最近,听说你常常和黎之伟在一起,我才领悟过来。迎蓝,"她看她,坦白地、温柔地、真挚地说,"你如果真爱黎之伟,他也真爱你,我会很开心很开心地祝福你们。但是,如果黎之伟是报复行动,萧家抢了他的女朋友,他就去抢萧家的女朋友,那么,你不是太危险了吗?"

迎蓝震了震,像是被敲了一棒,敲开了脑子里某一个窍门,她努力回忆和黎之伟相处的情形,是的,黎之伟对萧家恨之入骨,提到阿奇就怒不可遏。但是,这么久以来,黎之伟向她示过爱吗?她怎么想,就是想不起来。或者,他有些暗示,但也不是对她一个人,他对韶青和她,几乎是一视同仁的。不!黎之伟确实跟她走得很近,却没有明显地追过她。

"你放心,"迎蓝抬起头来,"我想我没什么危险!"

"哦!"采薇深深地透了口气,"那么,我就放心了。迎蓝,我真谢谢你改变了黎之伟,我本来以为他已经没救了!知道他重回岗位工作,知道他不再醉酒闹事,知道他又振作了,我是太高兴,太高兴,太高兴了。"

她盯着采薇。"你还在爱他?"她问。

"唔,"采薇哼了一声,"不是以前那种爱了,而是关怀,非常真切的关怀。上次和你谈过以后,我也想通了,你说得很对,黎之伟还会碰到别的女孩,会慢慢忘记我,我既然嫁了萧人仰,就该努力去珍惜这份感情,所以,我……我努力去做了。要我从此忘记黎之伟,是不可能。

要我对人仰专心一些、体贴一些，做起来并不难。人仰是很容易满足的，这些日子，他快活多了，他对我更好、更耐心、更体贴了，而我……"她的脸蓦然红了，红得像酒，"我明年六月，就要做妈妈了。""噢！"迎蓝又惊又喜，"恭喜你，采薇。""哎，"采薇的脸仍然红着，眉梢眼底的轻愁却被另一种幸福所取代，"你瞧，人类就这么简单，你说得对，时间和空间可以治疗一切。我知道有了孩子，就把什么心事都抛开了，只想专心来爱孩子，给他一个幸福而温暖的家。迎蓝，"她甜甜地说，"你将来也会经历这种心情的。"

我？迎蓝朦胧地想着，我还不知道"情归何处"呢。所有的事情都被搅得这么乱糟糟的！阿奇，阿奇！她心中忽然发出一阵强烈的呼唤；阿奇！我们在做些什么？阿奇！回来吧！阿奇！她这样一想，眼眶就有点湿湿的。突然间，她觉得坐不住了，再也坐不住了，她一心想回公司，迫不及待想打那个电话——那号码已经在她心中碾过千千万万次了。

"我也很高兴你和黎之伟的事，"采薇仍然在诉说，"既然你很肯定你没有危险，你很肯定黎之伟的爱情，那么，"她伸手过来，握住她的手，"你也该把阿奇彻彻底底地忘了，好在，你和阿奇也不过才认识几个月！"

迎蓝睁大了眼睛，听不太明白采薇在说些什么，只模糊地听到"阿奇"的名字。是的，阿奇，我无法把你忘了，虽然只认识几个月！阿奇。唉，阿奇！

"迎蓝，你在听吗？"采薇忽然问。

迎蓝振作了一下，瞪着采薇，只想回公司去，去打那个早就该打的电话！"是的，我在听！"她勉强地说。

"那么，我要告诉你，阿奇已经快要结婚了！"

迎蓝没听清楚，她还在想那个电话号码，打电话过去怎么说呢？怎么说呢？阿奇……她陡地惊跳起来，眼睛瞪得又圆又大，盯着采薇说："你在说什么？"采薇低下头去，打开皮包，拿出一张照片，从桌面上推过来，清清楚楚地说："我们今天接到阿奇的信，他说他不能忍受国外的寂寞，又说这个女孩很好，很温柔，言听计从，从不跟他吵架，也不会折磨他。他说过了这么久，他总算解脱了，他很快乐，希望每个人都快乐，他要结婚了！这是他寄来的照片，那女孩叫琴恩，是一个中美混血儿。"

迎蓝机械化地低头看那张照片，那女孩穿着三点式泳装，站在游泳池畔，身材迷人而丰满，她有一头棕红色的头发，卷成无数卷卷，高鼻梁，性感的嘴唇……看不出丝毫中国血统，却是个天生的尤物。她看着看着看着，忽然间，什么都看不清了，什么思想都没有了，什么意识都没有了，只觉得内心深处，一阵尖锐的、像撕裂般的痛楚，剧烈而狂猛地侵蚀着她每根神经。她跳了起来，把照片抛到采薇面前，她只低而短促地喊了一声，转身就向餐馆外跑。采薇大吃一惊,也跳了起来:"迎蓝!迎蓝!"她惊喊,"你怎么了?你干什么?等我!我开车送你!"迎蓝没有听她,她奔出了餐厅,无目的地往前横冲直撞,泪水疯狂地爬满了整个脸孔。她盲目地奔跑,奔跑,奔跑……自己也不知道跑了多久,终于心头的痛楚有些疏散开了。她喘着气,急跑使她窒息,她减缓了脚步,开始低着头,踩着人行道上的红砖,一步一步地往前走。她逐渐又能思想了。但是,她不要思想,她绝不要思想。她受不了自己的思想,她摇头,靠在街边的大树上深呼吸。

好一会儿,她恢复了镇定。觉得有水珠洒在头发上,她奇怪地抬头一看,才发现下雨了,自己正湿漉漉地浴在雨水中。路人纷纷从她面前跑过,去找避雨的地方,都对她投来好奇的眼光,他们准把她看成一个女疯子、女怪物!她想。重重地跺了一脚,又狠狠地咬了一下嘴唇,嘴唇咸咸的,她用手指摸了摸,出血了。她对自己低声诅咒:

"夏迎蓝,夏迎蓝!你有出息一点好不好!人家并不记挂你!人家已经移情别恋!人家走后连封信都没写给你!人家已经要结婚了。你痛苦什么?你伤心什么?你哭什么哭?傻瓜!你不会甩甩头,把他甩到十万八千里外去吗?夏迎蓝,你再这副鬼相,我要骂你了,我要……"她住了口,发现自己在引用黎之伟的话。抬起头来,她发现一把伞忽然遮在她头上,有个人站在她身边,紫衣紫裳,亭亭玉立,是采薇!她那小红车停在路边上。"不要淋雨了,迎蓝。"她软软地恳求着,声音里充满了同情和关怀,"你害我开着车子满街找你。"她微润的双眸迫切地盯着她,"对不起,"她急促地说,"对不起,迎蓝,我不该告诉你……""不!不!"她飞快地打断了采薇,迅速地武装起自己,"谢谢你告诉了我,这样,我也解脱了!"她注视着采薇,挑起眉毛,挤出一个笑容,"这样,我就可以学你一样,摆脱掉往日的羁绊,去一心一意地爱——黎之伟。是不是?"

听到这名字,采薇微微一怔,面容变了变,她想说什么,又咽住了,她伸手摸摸她湿润的发丝。

"上车吧,"她柔声说,"我送你回家去!"

"不,我还要去达远上班。"

"算了,你这样浑身湿答答的,怎么上班?何况,大家都看到我接你上车,爸爸——就是萧彬,他一定以为我和你在一起,你不去上半天班,没人会怪你!"

她看看自己那湿淋淋的怪相,不再说话了。这样去上班,确实会引起很多怀疑。采薇开着车,问了她路线,把她直接送回公寓来。"要不要上来坐坐?"她问。

采薇犹豫了一下,摇摇头。

"不了。"她说,"万一碰到黎之伟,就够尴尬了。我知道他是经常出入你家的。""算了吧!"她看看手表,

"现在才三点多钟，黎之伟要七点多才会来，碰不上的。"她发现采薇的衣裳也半湿了，那把小伞根本遮不住什么雨水。她有些愧疚，害采薇这样满街跑，而且她还有身孕！"上来也弄弄干，好不好？"

采薇摸摸头发和衣服，笑笑，就跟着她走进了电梯。

到了七楼，她和采薇开了房门进去，一进去，迎蓝就大大地吃了一惊，房里不只有韶青！还有——黎之伟！

采薇像触电般怔住了。

韶青正在帮黎之伟校对一篇新闻稿，看到迎蓝湿淋淋地带着一个半湿的女孩进来，也吓了一跳，她不认识采薇，一面笑着，一面跑过来关上房门，嘴里嚷着：

"你们怎么淋得这么湿啊？迎蓝，你真要命，不怕再感冒一次吗？"她冲进浴室，拿了两块大毛巾，分别扔给迎蓝和采薇，"快擦擦干，我去给你们煮姜茶！"

迎蓝伸手抓住了韶青：

"免了你的姜茶吧！"她说，一面急急地低问，"你怎么在家？黎之伟也没上班？""我今天本来就休假呀！"韶青惊愕地说，"昨天值了夜班，今天总是要休假的。至于黎之伟呢，他也刚来不久，来了就下雨了，我留他坐坐，等雨过了再走，他也还要去跑新闻呢！"

黎之伟已经站起来了，他慢慢地走过来，一瞬也不瞬地盯着采薇。采薇也一瞬也不瞬地盯着他。

韶青注意到这份紧张和尴尬的气氛了。她把迎蓝拉

125

到一边,低声问:"怎么回事?这女孩是谁?"

"祝——采薇。"迎蓝轻轻地说。

韶青也怔住了。一时间,房里有四个人,却寂静得连根针掉在地上都听得见。紧张的情绪,在每个人身上扩张。终于,黎之伟移近了采薇,眼眶涨红了,脸色苍白。他上上下下看她,然后伸出手去,迎蓝以为他要打她,就慌忙冲过去想拦阻。但是,黎之伟只轻轻地碰了碰采薇的头发,就把手收回去了。迎蓝靠在桌角上,目不转睛地看着他们两个。

"你——"黎之伟先开了口,声音里仍然夹杂着锥心的痛楚,"找到你的幸福了吗?你——快乐吗?"

采薇的眼睛立刻湿了,泪珠在眼眶中打转。

"原谅我,"她无声地说,嘴唇轻轻地嚅动,"原谅我。不要恨我!""我可以不再恨你!"黎之伟说,声音是沙哑的,"我不能不恨别人!""请求你,"眼泪静悄悄地从她面颊上掉落了下来,"不要再恨任何人!你看,你已经活得很好了,你的工作,你的朋友……"她词不达意。可是,黎之伟显然了解她在讲什么。"不要为命运从你手里抢过去的东西难过,可能有更好的来替补……不要再恨任何人,答应我!"

"我只答应不再恨你。"他简短地说,死死地瞪她。固执着他的第一个问题:"你快乐?你幸福?"

"我唯一的不快乐,是你不快乐。我唯一的不幸福,是你不幸福。"她怯怯地说,"如果你都有了,我也就都有了。"

他怪异地看她,哑声说:

"你学会了外交辞令。"

她轻轻摇头,一脸的真挚,一脸的纯真。然后,她慢慢放下手里的大毛巾,抬头对迎蓝看了一眼,低声说:"我走了。"谁都没有说话,也没人留她,她打开房门,走出去了。

室内仍然很静,静得可以听到电梯下楼的声音,可以听到街上车子的发动声。时间过去了好久,韶青第一个清醒过来:"迎蓝!你还不去换掉你的湿衣服!"

迎蓝蓦然被唤醒,唤醒的同时,撞击在她内心的不是采薇和黎之伟的见面,而是阿奇的婚事。她抽口气,又觉得那种撕裂似的痛楚,在强烈地发作,她走向床边,一声不响地倒在床上,把脸埋进枕头里。

韶青冲了过来,扶住她的肩:

"怎么了?迎蓝?发生了什么事吗?"

她拼命摇头,拼命咬嘴唇,拼命拉扯住被单,想止住内心那深切的痛楚和伤怀。韶青的手握着她的肩,感觉得出她整个身子的战栗和痉挛,她吓坏了,回头求救似的看着黎之伟,说:"阿黎,你看看她怎么了?"

黎之伟仍然呆站在那儿,仍然呆望着采薇离去的房门口,被韶青这样一喊,才顿时醒觉。他看看迎蓝,不自禁地也走了过来。俯下头去察看她。

"迎蓝,"他喊,"你干吗?"

迎蓝慢慢转过身子,用满是泪痕的眼光看黎之伟,她伸出手去,握住了黎之伟的手,哀婉地、凄切地、悲痛地、求助地说:"黎之伟,你有没有一点爱我?你要不要我?"

黎之伟怔住了。刚刚和采薇见面的震动犹存,这会儿,却面临另一个新的震动。他紧握着迎蓝的手,不知道该说什么。

韶青无言地站在旁边,嘴唇上的血色,不知不觉地在消失,连带那面颊上的嫣红,也一起不见了。

第七章

夜深了,窗外的雨似乎越下越大,雨珠疯狂地敲着玻璃窗,像一支破碎的歌,带着凉意的风,钻着每扇玻璃窗的空隙,发出呜呜不断的悲鸣。雨和风,形成一种主调与和弦,那样苍凉地在夜色中倾诉着。

迎蓝和韶青两人都躺在床上,两人都没睡着。迎蓝仍然在想白天的种种遭遇,想阿奇,和他那中美混血儿。韶青的思绪飘浮在一层矛盾的云层里,她似乎驾着云,却上也不能上,下也不能下,动也不能动,只怕一不小心,就从云端摔下,粉身碎骨。可是,云端的冷冽,云端的寒恻,云端的孤独,又使她周身战栗。迎蓝低低地叹了口气。

韶青也低低地叹了口气。

迎蓝有些惊动了,翻过身来,抚摸韶青的肩。

"韶青,你没有睡着吗?"

"嗯。"韶青低哼了一声。

"唉,韶青。"迎蓝低叹着,"我真痛苦得快要死掉了,我真不知道以后何去何从?"

"你不是对黎之伟开口了吗?"韶青仍然背对着她,语气疲倦,"放心,他会对你很好,他一直就喜欢你!"

"黎之伟?"迎蓝出神地深思着,"他并没有爱上我,他只想抢走萧人奇的女朋友!"

韶青一转身翻过来了,她伸手打开了床头的一盏小灯,在那幽暗的灯光下,仔细地注视迎蓝,她伸手摸摸迎蓝的眼角:"你哭过了?"迎蓝瞪着她,也伸手摸摸她的眼角。

"你也哭过了。"韶青倒在枕头上,把面颊半埋在枕头里。

"迎蓝,"她的声音从枕头中压抑地透出来,"有件事我一直没告诉你。""哦?""我和那个驾驶员,在两个月以前结束了。"

"哦!"她惊呼,"谢天谢地,你总算想通了!你怎么不早说,害我一直为你抱不平!是你提出的吗?"

"是。"韶青抬起头,深深地盯着迎蓝。忽然间,她伸出手去,抱紧了迎蓝的身子,把面颊埋在她的睡袍里。"迎蓝,"她低呼着,"你是不是真的要黎之伟?"

迎蓝转动着眼珠,微蹙着眉头,倏然间有些明白了。

"韶青，"她低喊，"你是不是要告诉我……"

"不是！"韶青飞快地说，"我想，阿黎喜欢我们两个！他已经被蛇咬过一次，所以，他什么都很慎重！他曾经想为了报复而追求你，又觉得非常卑鄙……"

"你怎么知道？""他告诉我的！""哦。""他一直在冷眼旁观，他也一直知道一件事，你始终忘不掉阿奇，这使他很愤怒，也很感伤。但是，这种愤怒和感伤并不出于爱情，而出于他对萧家的仇恨……"

"你怎么知道？"她又插嘴。

"他和我谈过。""哦！""今天下午，是一个转折点，他重新见到祝采薇，又亲耳听到你对他示爱……""我对他示爱？"迎蓝惊呼着。

"是的。你问他爱不爱你？要不要你？对任何男人来说，这两句话都是最动听的句子……"

"噢！"迎蓝失神地呼出一口气来，呆呆地瞪着韶青。韶青也不再说话，只呆呆地瞪着迎蓝。两个女孩彼此默默相对，好久好久，谁都不说话。然后，迎蓝终于把胳膊一张，把韶青的头紧拥胸前，骤然哭了起来。

"傻瓜！"她又哭又骂，"你为什么不告诉我？我们情如姐妹，无话不谈，你为什么不对我直说？"

"我不敢。"韶青啜泣着，"你一直是主角，我是配角，我在等待……但是，我害怕了！我真的害怕了！迎蓝，你并不爱黎之伟，你睡梦中从没叫过黎之伟的名字，你只是打喷嚏——阿奇,阿奇!我了解你,比了解任何人都清楚……不过,这都是废话,我只请求你——把黎之伟让给我,好不好?"

迎蓝搂紧了她,呜咽着说:

"我不用让,你自己该看得很清楚,黎之伟对你的班表比我还熟,他和你谈的话比我的深入,他的性格粗犷豪迈,他需要一个温存、善解人意,而且很女性的人来体贴他,我倔强好胜,口齿锋利,得理不饶人,我实在不适合他。如果我和阿黎真的结婚了,他是出于报复,我是出于赌气,结果,我们的婚姻会成为一个大大的悲剧……韶青,你早就该告诉我,免得阿黎也夹在我们当中,不敢对你表白!我真后悔我下午说了那句话,不过,我很容易解释清楚,今天下午,我是受了刺激……"她咽住了。"什么刺激?"韶青追问。

迎蓝握紧了韶青的手。

"阿奇,他……他……他快结婚了。"

"什么?""真的。我看了那女孩的照片,比我漂亮了一千倍,绝不夸张。是个中外混血,脸孔是脸孔,身材是身材!你知道,像阿奇那种男人,是耐不住寂寞的。何况,我对他又那么,那么,那么……绝情,这……这……"她又开始掉眼泪,语音含糊不清,"这不能怪他……是我赶他走,是我不要他……我真气我自己,既然不要他了,为什么还要伤心?……我……我……""迎蓝!"韶青深沉地喊。

"什么?""他还没结婚是不是?"韶青把头从她的衣褶里抬起来,眼睛又明亮又光彩地看着她。

"是。""那么,就还来得及……"韶青热烈地说。"来得及干什么?"迎蓝不解。

"去抢回来啊!"韶青喊,"你对男孩子太矜持、太骄傲、太被动……你从不争取,从不主动……"

"噢!"迎蓝摇摇头,叹口长气,"韶青,你明知道我的个性,我永不会做这种事,否则我就不是我了。何况,这样太戏剧化了,我做不出来。再何况,他一旦变心,我是好马不吃回头草……""啧啧啧,"韶青焦急地说,"你刚刚还在说不能怪他,现在又说他不该变心,你有没有太霸道一些?你自己不要的东西,也不许别人要?你希望他怎么样?如果你不要他,他就该守着你的照片,绝食三十天,死而后已吗?你知道你的毛病在哪里……"韶青的话没说完,电话铃忽然间狂鸣起来,在夜色中,铃声响得分外清脆。韶青看看表,凌晨三点半,是黎之伟!大约他交完稿又不想回家了。她正犹疑着,迎蓝已经推她下床,喊着说:"去接电话!准是阿黎!"

韶青披上睡袍去接电话,房间小,唯一的一架电话在沙发旁的小几上,迎蓝叹口气,仰躺着,神思恍惚,而心情苦涩。"喂!"韶青在接电话,"哪里打来?什么?三藩市?找人?夏迎蓝……"迎蓝像弹簧人一般直跳起来，下床时又被自己的睡袍绊了一跤，摔得她七荤八素。她踉跄爬起身，韶青已经在连声地嚷："快呀！迎蓝！快呀！"

迎蓝跌跌撞撞过去，抓住话筒，跌坐在沙发里，她下意识地揉着自己摔痛的膝盖，一手紧握话筒，急促的声音在发抖："我是迎蓝，你……你是哪……哪一位？"

"迎蓝！"是阿奇的声音，近得就像在耳边。她的心脏狂跳，泪水迅速地模糊了视线。三藩市，三藩市，你远在天外，可是，萧人奇，萧人奇，你的声音近在耳边！"迎蓝，"他又在喊，"线路有些不清楚，你说大声一点，我听不清楚你在说什么！""我根本没说话！"她叫着，泪水夺眶而出，一直滴到电话机上，她哭了，语声哽咽。"你怎么不早打电话？"她哭着嚷，"你怎么说走就走？你怎么不写信给我？你怎么要结婚就结婚？你怎么不多给我一点时间……"她哭得那么厉害，什么都说不下去了。"迎蓝！迎蓝！"他在焦灼地叫着，"你要讲理，我给了你电话号码，你为什么不打？我等了你一个星期，两个星期，一个月，两个月……你就是不打那个电话！我凭什么再写信给你？要说的都说了！现在，我打电话，是为了告诉你，我和琴恩明天结婚……"

"不——要！"她对电话大吼了一声，泪如雨下，她哭着喊，"阿奇！回来，阿奇……"她的声音被呜咽、泪水、悲痛……全搅散了，她自己都听不出在说什么，只是绝望地对着电话抽噎。"迎蓝，你在哭吗？迎蓝，你听我说……"

线路突然断了，窗外风狂雨骤。迎蓝兀自对着听筒又哭又喊："喂喂，喂喂，阿奇，喂喂……"对面一片机器的杂声，线路确实断了，她还握着听筒，舍不得挂起来，回过头，她用带泪的眸子瞅着韶青："线路断了。"她像个无助的小孩，凄然重复："线路断了。""挂上电话！"韶青喊，奔过去把电话听筒放回电话机上。"他会马上再打过来！"迎蓝跪在沙发上，双眼瞪着电话机，动也不动地等待着，韶青去拿了件她的睡袍，帮她披上。夜凉如水，冷雨敲窗，迎蓝早就浑身冰冷了。电话寂然，钟声却走得特别迅速，嘀嗒，嘀嗒，嘀嗒……一分钟，两分钟，五分钟过去了……迎蓝回头，狂乱地说："怎么不响？怎么不响了？他为什么不再打来了？"她肩上的睡袍又滑到地上。韶青望着电话机，坚定地说：

"打回去！迎蓝，你该知道号码，打回去！"

一句话提醒了迎蓝，拿起听筒，她一时混乱，居然想不起长途电话台的号码。韶青推开她，急促地说：

"我来打吧！接通了再给你！电话号码多少？"

她像背书似的背出了号码。

韶青拨着号，迎蓝跪在一边，目不转睛地看她拨，全神贯注地听她跟接线生说话：

"我要接一个三藩市的长途电话，我这儿的号码是

××××××××，三藩市的号码是××××××××××××，找人，找一位萧人奇先生，是，人类的人，奇怪的奇……"

她抬头安慰地抚摸迎蓝的头发。

"别急，她正在拨呢！"

一会儿，回音来了，号码占线中！

"占线？"韶青呆了呆，"请你过十分钟再帮我接！如果接不通，就每隔十分钟给我接一次！"

挂断了电话，她回头看着迎蓝："或者，他正试着打回来，两边都打，就变成了两边都占线！我们等吧！"她拾起了睡袍，命令地说，"穿上，别再受凉！""我不要穿，我热得很。"迎蓝急躁地说，在室内兜圈子，兜了半天，又转回到电话机边来，痴痴地望着那电话机。

"你非穿不可！我负责给你接通这电话！"韶青说，强迫地把睡袍给她穿上，像给小孩穿衣服似的，把她的双手塞进袖管中，拉好了她的衣襟，系上带子。

然后，她们就开始一场漫长的等待。

半小时后，电话响了，韶青和迎蓝同时扑过去接电话，迎蓝的手指甲刮伤了韶青的手背。韶青收回手，紧张地望着迎蓝。"接不通？"迎蓝急得又快哭出来，"再试，好不好？再试下去！我一定要接通，我有要紧事……是的，试到天亮都没关系！是的。"她挂上电话，满脸的焦灼和苦恼。

"怎么长途电话这么难打？他占什么鬼线？有什么要

紧事一直占线占线占线……"她倒在沙发里，脸色灰白，喃喃地说，"我懂了！他在给琴恩打电话……只有给琴恩打电话，才会这样舍不得挂断！"韶青瞅着她，摇摇头。

"唉！"她叹气，"既有今日，何必当初！"

迎蓝迅速地抬起头，爆发地喊：

"不要再怪我！我并不想把自己弄成这样惨兮兮！我……我……"她匍匐在沙发背上，苦恼地转着头。

韶青走过去，揽住她的肩，在她耳边低语："你最坚强，你最骄傲，你最洒脱！不要这么看不开！振作一点！"她把头埋在臂弯里，辗转地摇着头，声音压抑地、痛楚地、可怜兮兮地飘了出来：

"我不坚强、我不骄傲、我不洒脱！我只要跟他讲话，我一定要跟他讲话！今晚不能跟他通话，我明天可能就死掉了！"

"别胡说八道了！"韶青喊，看看手表，快五点钟了，这通电话多半是通不了了。她望望兀自埋着头的迎蓝："你饿不饿？闹了快一个通宵了！我去给你冲杯热牛奶，做个三明治给你吃，好不好？""我不要！"她闷声说，"你叫那电话铃快点响！好不好！"

铃声果然响了，迎蓝触电似的跳起来，伸手就拿电话听筒，韶青也紧张地奔过来，惊愕地发现，迎蓝握着听筒，而铃声继续在响。韶青恍然大悟，把听筒从迎蓝手中抢下来，挂回电话机上，说："不要太紧张，是门铃响,不是电话铃。"

"为什么是门铃?"迎蓝神思恍惚。"门铃就是门铃哇!"韶青说着,走到门边去。"八成是阿黎,他大概又在报社忙了一夜!这人工作起来真不要命!"她握住门柄,打开房门。门外,一个浑身湿透的男人正伫立在那儿,头发披在额上,滴着水,一件薄呢大衣,肩上全湿透了。他手里握着一个小小的旅行袋,脸上有仆仆风尘,有失眠的痕迹,有憔悴,有兴奋,有期待,有狂热。那浓眉上,雨珠闪烁,眼睛里,热情迸放……那不是黎之伟,是该出现在电话里的阿奇!

韶青吓怔住了,她茫然后退,喃喃地喊:

"迎蓝!迎蓝!迎蓝!"

迎蓝的眼光从电话机上移到门边,有三秒钟完全窒息。然后,她滑下沙发,走到门边,眼光直直地转也不转,死死地、愣愣地盯着他,嘴里叽里咕噜地说:

"你在和谁通电话?为什么一直占线?"

韶青惊异地看迎蓝,再看阿奇,她退后两步,大叫着说:"迎蓝,这不是梦,是真的!你别糊里糊涂了,睁大眼睛,你看看清楚,是阿奇!他回来了!从美国回来了!阿奇,"她的神志恢复了,喘着气问,"你的长途电话,是从哪里打来的?"

"桃园国际机场!"阿奇说,终于大踏步走进屋里,关上了身后的门。他直视着迎蓝,一步步走近她,把旅行袋随便丢在地上,他紧紧地望着她的眼睛。"对不起,迎蓝,"他说,嘴唇微微有些颤动,"我又骗了你一次。我下了飞机,本想直接来看你,可是,我又不敢了,你那么傲气十足,那么狠心,我真怕再面临一次被拒之门外的局面,所以,我在机场试探性地先打个电话!我听到你哭,听到你喊我的名字,听到你说'阿奇,回来!'我就什么都顾不得了,我跑出机场,半夜又叫不到车子,只好搭巴士,一路上急得我要发疯,现在……我总算在你面前了!"他说得又急又快,像雨滴的倾泻,迎蓝似乎根本没听清楚,也根本没有会过意来,她的思想还是凝固的,还是混乱的,太多的"意外"使她神思恍惚,她伸出手去,茫然地摸索他,想抓他的手,他立刻举起手来,紧紧地握住她。

"迎蓝!迎蓝!"他觉得有些不对劲了,他紧张地喊,"迎蓝,是我啊!是阿奇啊!我从美国回来了!我告诉你,根本没有琴恩,那是我编出来的,我写信给采薇,知道她一定会把消息带给你,我再打长途电话问她,她说你哭着冲到大街上去淋雨,我听得心都碎了,所以我马上订飞机票飞回来……迎蓝,你听到没有?我一直在等你的电话,等得快发疯了。我想,以你的骄傲,这电话是永远不可能打了,所以……所以……"他住了口,瞪着她,她眼里一片空茫的神情,双眉微蹙,苦恼地在看,但是仿佛"视而不见",她也苦恼地在听,但是,仿佛也没听进去。阿奇的脸发白了,他举起手来,在她眼前晃动,哑声喊:"迎蓝!迎蓝!"

韶青奔了过来,一看这情况,她就大急起来:

"她不对劲了!阿奇,你出现得太突然了!你吓昏了她!"她急得把头贴到她胸口,去听她心跳,又去掐她的人中,捏她的耳朵。迎蓝只是直挺挺地站着,茫茫然地看着阿奇。她躲了躲韶青的手,固执地想看清楚面前的人影,眼睛睁得好大,却全无光彩。韶青吓呆了,惊惶后退,喃喃地说:"她瞎了!她聋了!她看不见也听不见了!"

阿奇面孔雪白,嘴唇完全失去了颜色。他握紧了迎蓝的手,握得好紧好紧,他轻轻地说:

"迎蓝,你看到了我,你听到了我,求你!求你!"

迎蓝毫无反应,阿奇闭紧眼睛,狂叫了一声:

"迎蓝!"他把她一把就抱了起来,放在床上,他跪在床头,摇她,喊她,求她……他的脸色比她的还白,他用嘴唇去轻触她的唇,她的唇凉凉的,木然而无反应。他心底闪过一个念头:她快死了!这念头立刻疯狂地抓住了他,他吻她的手指,吻她的眉,吻她的脸颊,把脸埋在她胸前:

"迎蓝,如果你有个三长两短,我绝不活着!我有那么多话那么多话要告诉你,你怎么可以这样?你怎么可以这样?迎蓝,我不是要吓你,我是要给你一个惊喜……"

韶青回过神来，她跑到床边，看看迎蓝，反身就奔向电话，想打电话请医生，抓起听筒，她不知该打给谁，慌乱地回头喊："阿奇，你认得什么医生吗？你醒醒，你这样跟她说也没用，赶快打电话找个医生来！"

一句话提醒了阿奇，他正要起身去打电话，迎蓝的睫毛忽然闪了闪，抬起一只胳膊来，她圈住了他的脖子，把他拉向自己，她的眼睛刹那间又充满了光彩，充满了感情，她瞅着他，轻声地说："我不要医生，我只要你，不许走！"

"你……你……"阿奇语无伦次，"你好了吗？你没事吗？你听得到我？看得到我吗？……"

"我没有那么娇弱！"她眼里有泪光，唇边却闪现了一个可爱的微笑，"你太会骗人了！从开始就骗我，到回来了还骗我，如果我不装成神志失常来吓你，你永远不会了解被骗的滋味！""你……你……"阿奇瞪大眼睛，微张着嘴，灰白的脸色仍然没有恢复，他哑声说，"你装的？"

"我装的！"韶青把听筒轻轻放回电话机上，吐出一口长长的气来。她真想走过去骂迎蓝一顿，鬼东西！坏东西！差点把别人吓出心脏病来！她走了两步，又停住了，阿奇正瞪着迎蓝，咬牙切齿地说："我以为你快死了！我差一点……"他忽然住了口，只是盯着她看，看了又看，然后蓦然间俯下头去，热烈而狂喜地喊："原来

141

你是装的！谢天谢地！我快被你吓死了！现在，我们扯平了，扯平了！好不好？"

"不好，"迎蓝泪汪汪的，"我……"

他立即俯下头去，堵住了她的唇。她不由自主地用双手抱紧他的脖子，热烈地反应着。

这种情况，第三者未免多余。韶青看看天色，早已大亮了，她也该上班了，她溜到浴室去，换衣服，梳洗，然后轻轻悄悄地出来。那两个呆瓜正彼此对望着，彼此痴痴地、长长久久地对望着。韶青心里在唱着歌，她开门出去，再细心地关上门，心里的歌声在反复：

阿桌阿上一瓶葡萄酒，
阿娇阿娇艳得红透透！……

她走进电梯，下楼去了。

房内，迎蓝和阿奇握着手，眼睛望着眼睛，都有一肚子话要说，却不知从何说起。

电话铃蓦然狂鸣。迎蓝握紧阿奇的手，舍不得放开，她说：

"让它去响！别理它！"

电话铃继续响个不停。

"我去接吧！"阿奇说。

"不管是谁找我，都说我不在家。"迎蓝说。

阿奇拿起听筒,对方立刻开口:

"夏小姐打到三藩市的电话通了,萧人奇不在,请问要不要再接一次?"阿奇怔了怔,看看那横卧床上、对他痴痴凝望的迎蓝,他笑着对听筒说:"请销号!"挂断电话,他回到床边,迎蓝傻傻地问:

"谁打来的电话!找谁的?"

阿奇温柔地看她,温柔地吻她,温柔地低语:

"你打来的电话,找我的!"

萧家这晚灯火辉煌。这是迎蓝第一次走进萧家。

坐在萧家的大客厅里,她还真有些不自在,那客厅宽敞明亮,有两面都是玻璃窗,可从窗内直接看到窗外的小花园,那花园虽小,但五脏俱全。有假山,有巨石,有叫不出名字的花花草草,有挨着围墙、一排绿油油的、高大的"肯氏南洋杉",阿奇告诉她,这种南洋杉,品种名贵,冬不落叶,永远长青。她对那南洋杉注视良久,树犹如此,人,能不能这样呢?她最喜欢那园中的一湾小水池,池中种满荷花,如今,天气已冷,残荷萍碎,更有种说不出的诗情画意,使她不自禁地想起"留得残荷听雨声"的诗句。水池四周,是巨石嵯峨;每块巨石的石缝间,都开着一簇簇小花,有海棠,有月季,有金盏花,还有棵小小的枫树,红叶,在树枝上映着灯光闪耀。萧家的大客厅,倒看不出任何金碧辉煌的东西,简单的白纱窗帘,飘然曳地,墙上挂着两个巨幅油画,另一边是古董架，架上有音响，有电视，有书籍，还有一些出自名家之手的雕塑。

迎蓝四面张望，心底油然生起一股温暖之情。萧彬这晚是那么和蔼，笑吟吟地抽着烟，简直是个忠厚长者。萧太太握着迎蓝的手，亲切，自然，关怀，而且不停地低声埋怨：

"瘦了！瘦太多了！阿奇，都是你的罪过！"

阿奇在一边痴痴凝望，微笑挂在嘴边，怜惜挂在眉端，他低叹着说："妈，你没有发现我也瘦了吗？是谁的罪过呢！"

"是我的罪过！"萧太太出人意料。

"与你有什么关系？"阿奇惊异地问。

"当然有关系，你不生在我家，迎蓝也不会生气了！"

"这么说来，"萧彬插嘴，"还是我的错最大，如果阿奇不姓萧，就没这么多周折了！"

"哎呀！"采薇亲自端茶奉水，煮咖啡，女佣阿娟在一边侍候，"如果没有爸和妈，哪会有个精灵古怪的阿奇？如果没有精灵古怪的阿奇，我们这位精灵古怪的夏小姐，预备到什么地方去找这样合意的人呢！"

全屋子的人都笑了，和谐与温暖弥漫在整个大厅里。

这晚，也是迎蓝第一次见到萧人仰。奇怪的是，她在达远工作了这么久，萧人仰居然没在达远出现过。是采薇牵着她的手，给她介绍的："这是萧人仰。"她转头对人仰说,"这就是把萧家闹得人仰马翻的夏迎蓝。"迎蓝抬头看萧人仰,他一身的白,白衬衫,白长裤,外加一件白背心,如果别人这样穿,迎蓝一定会觉得怪怪的、假假的。但是萧人仰这样穿,就硬给人一种玉树临风、潇洒不羁的味道,连阿奇,都被他比下去了。他和阿奇长得不太像,阿奇有些野,他很文,阿奇爽朗,他比较沉默,阿奇不是非常细心的,他却细腻温存。他的面颊比较长,眉毛没有阿奇粗,但是,他那对眼睛却长得真好,看着人的时候,总有种专注的神情,专注得令人感动。迎蓝一看到他,就知道黎之伟的失败,并不仅仅是贫富的关系了。

萧人仰亲切地看她,立即对阿奇说:

"能不能向你借一借迎蓝,我有几句话想跟她单独说!"

阿奇抓抓头,看看采薇,再看人仰,笑着说:

"你总不至于连弟弟的女朋友都抢吧,你已经有了采薇了,要知足啊!"采薇笑得甜甜的,去倒咖啡。抿着嘴不语。

"没关系,阿奇,"萧彬开了口,"他抢了你的,你再去抢他的!""什么话?"萧太太对着萧彬又笑又嚷,"你是公公呢!也跟着小辈开玩笑!""别忘了,"萧彬正经八百地对萧太太说,"你也是我打倒三个情敌,才抢来的呢!"

"哈!"阿奇大笑,仰躺在沙发中,长手长脚似乎都没地方放,"如果我会写小说,我要把咱们家的事都写下来,题目就叫'抢'!"大家又都笑了,采薇笑得最不自然,似乎若有所思。

萧人仰没有疏忽采薇的表情,他深切地看了她一眼,就揽着迎蓝,走到客厅外的阳台上,这儿可以看到整个花园,可以闻到月季和桂花的飘香。"迎蓝,"人仰开门见山,很诚恳、很真切地说,"你和采薇很早就认识了,是吗?"

"是的,是和——黎之伟差不多同时。"

"你知道我为什么不出现在达远?"他忽然转换了话题,"我和采薇结婚后,我就主管了茂远公司,茂远和达远的营业性质不同,也做进出口,是药品的进出口,我们拥有几个大药厂的经销权。茂远在表面上和达远是两个机构,事实上是……""我懂了。"迎蓝说,"又一个周边公司。"

"是的,我不去达远,主要是避开黎之伟。"

"你认为,黎之伟会笨到不知道你在茂远,而只知道你在达远吗?""不。黎之伟不是要找我一个人的麻烦,他要找整个萧家的麻烦,所以,他连你都找上去。"

迎蓝沉思不语。"你知道,采薇最近平静多了,"他又继续说,"我想我该谢谢你。""为什么?""因为你常和黎之伟在一起,因为黎之伟又变好了,也因为你开导了采薇。迎蓝，你知道什么叫爱情？"

迎蓝愣了愣，说："一日不见，如隔三秋。"

人仰看着她，摇摇头。

"爱情不难在别离，怀念常常会美化爱情。最难的爱情，是天天相见，所以我说：时时相见，刻刻不厌。这是人类最困难的一件事，人天性里有喜新厌旧的本能，还有种'得不到的永远是好的'那种向往性。对男人，有些大男人主义，主张爱要爱得潇洒，分也分得潇洒。其实，爱情是无法潇洒的一件事，你真能做到潇洒，你就根本不是爱！"

迎蓝凝视他，有所感触。

"你一定爱极了采薇！"她感叹地说。

"不爱她，不会对她用那些心机。不过，说实话，"他微笑了一下，笑容相当动人，"我追她还没有阿奇追你来得苦！或者，我们兄弟注定要在爱情中受苦！"

她脸上发热，把目光调到花园的草丛里去，那儿，有对萤火虫在上下追逐，忽隐忽现。

"我主要找你谈谈，是要问你一句话。我一度以为黎之伟的转变，是因为得到了你，现在，阿奇回来了，你又回到阿奇身边，你认为黎之伟能忍受吗？"

迎蓝怔了怔，忽然抬头看人仰。

"你希望我怎样？是选择黎之伟，让你们夫妇平安；还是选择阿奇，让萧家仍然笼罩在黎之伟的阴影底下？"

"你的心选择什么？"他问。

"你的心选择什么？"她反问。

"我希望你选择阿奇！"他深深看她，"但是，必须警告你小心黎之伟，这是第二度姓黎的败给姓萧的！"

她睁大眼睛，瞪视人仰。知道他并不了解，黎之伟可能另有所爱，沉默片刻，她才说：

"黎之伟可能早就想通了，他也可能另有女朋友了！"

"我知道你的想法，"人仰点点头，"别忘了，人类有追求自己得不到的东西的本能。人类又生来有种自怜和自虐的本能。黎之伟二者兼具。他是很危险的。迎蓝，"他语重心长，"小心一点，不要让任何事情都打如意算盘，很多事是你想象不到的，我有种直觉——故事并没有完。"

迎蓝被他说得有些心慌，她仔细寻思，昨夜阿奇回来，今晚她就留在萧家晚餐，她也故意把公寓让给韶青和黎之伟，他们不知道谈得怎样？但是，截至她来萧家止，黎之伟并不知道阿奇回来。而昨天，自己跟黎之伟分手前说的最后一句话是："黎之伟，你有没有一点爱我？你要不要我？"

她不安地用手敲着栏杆，眉头轻蹙起来了。

"喂喂，人仰！"阿奇拉开落地窗，忍耐不住地跳了出来，没头没尾地乱嚷，"你在诱拐迎蓝吗？谈了这么久，太过分了！迎蓝，别理他了，大家菜都摆好了，等你们去吃晚餐呢！"他拍了拍人仰的肩，"把她还给我好不好？"

人仰笑了。阿奇也笑了。迎蓝在他们的笑容里，很感动地发现一件事：他们兄弟两个，实在手足情深！她很难在别的家庭里，发现这样亲密的兄弟，尤其是富有的家庭，多的是兄弟阋墙、争权争势的故事。

她跟着阿奇兄弟走进餐厅。采薇怀疑地、微笑地看看迎蓝。"人仰是不是在说我坏话？"她故意在明知问。

"是啊！"迎蓝说，睁大了眼睛，"把你骂得天翻地覆，一塌又糊涂！""迎蓝！"人仰笑着对她拱拱手，满脸的书卷味儿，"你爱开玩笑，我们这个实心眼的采薇，是什么事都认真的呢！"

"怎么？"迎蓝故意挑起眉毛，认真地说，"你刚刚不是告诉我，和采薇是'时时相见，刻刻相厌'吗？"

"喀！"人仰咳嗽了一声，尴尬地看迎蓝，"你是真听错了呢，还是故意开玩笑？""噢！"迎蓝拍拍脑袋，恍然大悟地，"我说错了一个字。他说的是'时时相见，刻刻不厌'。我看他有点傻气，采薇，你怎么会嫁他啊？他真有点傻气，是不是？他每天上班不知怎么上的？应该再加两句话：'分分别离，秒秒思念！'哇！"她笑着转向阿奇，小声说，"我是不是还有点文学天才？"

"你——"阿奇盯着她，又笑又爱又宠又怜，"你是个古怪小精灵，很会翻江倒海的！"

"我已经领教了!"人仰说,抬头对着父母,"爸、妈,你们当心,她是够厉害的了。"

"我早就领教了!"萧彬笑着嚷道,"上班第一天,就跟我抬杠抬个没完,气得我差点把她解聘!"

"你怎么不把她解聘啊?"阿奇埋怨地喊,"如果你不用她当秘书,我也不会吃那么多苦头了!"

第八章

"也应该有个人让你吃吃苦！"萧太太对阿奇点点头，"免得一天到晚，眼高于顶，对每个女孩都三分钟热度……"

"喀喀喀！"阿奇真咳嗽。

萧太太没会过意来，转向迎蓝：

"迎蓝，你不知道，这小子有过多少女朋友……"

"喀喀！"阿奇再咳，端了一碗汤直送到母亲嘴边去，"妈！你喝口汤！妈，你要不要吃鲍鱼？唔，有你最爱吃的螃蟹，妈，我给你剥螃蟹。你要钳子，还是要黄？哎呀，这只螃蟹好肥，你看！妈……"全桌子的人都在笑，阿娟也在一边掩着嘴笑。迎蓝肚子里在笑，脸上却一股认真样，直望着萧太太。

萧太太推开了阿奇的手，自顾自地说下去：

"这小子自命不凡,给那些女朋友取了一大堆外号,这个是斗鸡眼,那个的下巴可以当汤匙,这个眉毛太粗,那个声音太细,还有位朱小姐,长得真够漂亮,简直没地方可挑,他却嫌人家姓不好。""姓不好?"迎蓝问,兴趣真的来了。

"他说,如果结了婚,就变成萧朱联姻,听起来像小猪联姻!"迎蓝差点喷饭,全家都笑成了一团。迎蓝用手指指萧人仰,再指指祝采薇,笑得喘不过气来。采薇眼珠一翻,这才会过意来,她又笑又噘嘴,瞅着阿奇说:

"好哇!你在背后损我们,当心,你那些粉红色事件,我也不帮你保密了……"

阿奇立刻对采薇打躬作揖:

"采薇,采薇,不,嫂嫂大人,你就饶了我吧!"

"阿奇,"人仰用手托着下巴,一副沉思状,"我记得你对那个崔崔……崔什么的女歌星……"

阿奇跳起来,也不顾什么餐桌礼仪了,他跑到人仰身后,一把就捂住了他的嘴,大声说:

"人家才从美国回来,你们是不是存心要把我再逼走啊?"

"好了好了!"萧太太慌忙说,掩不住那"爱子心切"的情怀,"咱们不开他玩笑了!在迎蓝面前,好歹给他留点面子吧!来,阿奇,"她打圆场,"你给我剥了半天的螃蟹钳子呢?"

"他呀！"采薇细声细气地说，"剥完了壳，就一不小心把钳子放到迎蓝碗里去啦！迎蓝听得出神，就一不小心把钳子给吃肚子里去啦！"这一下，满桌哄然，迎蓝的脸孔涨红了，瞅着采薇，这才发现，她也有这么活泼和调皮的时候。阿奇被笑得有些不好意思，但，他立刻摆脱了这一层尴尬，反而大笑特笑起来，萧太太惊奇地望着他，说：

"你笑什么？"

"笑我自己呀！"阿奇嚷着，转头面对迎蓝，正色说，"我一生不侍候女孩子，只有女孩子侍候我，现在我完蛋了！会被他们说一辈子，笑一辈子，你信吗？等我们老到八十岁，我妈还会对我们的曾孙子说：阿怪啊……"

"什么？"萧太太问，"阿什么？"

"我叫阿奇，我曾孙子叫阿怪。"阿奇一本正经地，又继续说，"我妈会说：'阿怪呀，你知不知道你曾爷爷当初给我剥螃蟹钳的故事呀……'就这样，这故事会一代传一代，将来几百几千年后，萧家的列子列孙，什么都不记得了，只记得他们有一个叫阿奇的老祖宗，把要孝敬给老老祖宗的螃蟹钳子，孝敬给了他那未进门的萧门夏氏太夫人！"

全桌的人被他说得脑筋都转不过来，等到转过来，就又都忍不住笑得天翻地覆。连阿娟也笑，厨房里的张嫂，也伸个头出来笑，花园里的纺织娘也笑，肯氏南洋

153

杉和海棠、月季统统都笑了。

夜色也在笑，昨夜的风雨早成过去，月色明媚如水，流动在树梢花影中。迎蓝环视四周，早忘了这是"萧"家，忘了这是"豪门"，只看到有种名叫"幸福"的气氛，正慢慢地扩散开来，扩散开来，扩散开来，直至充塞在房间的每个空隙里。

就在萧家被幸福和笑声充满的时候，韶青和黎之伟也正在吃晚餐，韶青亲手做的菜，小公寓里有灯有酒，窗外有云有月。一样的夜色，一样的空气，只是，情况与气氛却和萧家大大不同。黎之伟进门时，情绪就不太好，坐在沙发里，他说："我今天采访了一个新闻，有个女人放火烧死了四个儿女，再卧轨自杀了。"韶青一怔。"为什么？""因为她丈夫移情别恋，离家出走。其实，这也不值得杀孩子呀！"他摇摇头，"你没看到火场，一片凄凉！"

"别说！"韶青慌忙阻止，"也别形容，否则，我做了半天的菜都白做了。"黎之伟正眼看她。"你是个典型的贤妻良母。"

她深刻地凝视他。"是吗？""是的，"他诚心诚意地说，"能够拥有你的男人，会是世界上最幸福的男人！"她的心脏猛地一跳，几乎冲口而出：你要当这幸福的男人吗？但是，黎之伟四面张望，问：

"迎蓝呢？"韶青深呼吸，走近黎之伟，在他身边坐下。

"我要告诉你一件事。"她沉声说,"阿奇回来了,昨天半夜到达台北,从国际机场就直杀到我们家。"

"哦!"黎之伟应了一声,紧盯着韶青,"怎样呢?发生了什么事吗?"韶青拉起他的手:"来,我们来吃饭,一面吃一面谈。"

黎之伟没说话,走到餐桌前坐下来。他阴沉地看桌面,问:"你没准备酒?""不要喝酒,好吗?"韶青半恳求地,"你一喝酒就会胡闹,又唱又跳。我想跟你谈点正经事。"

"给我一点酒,什么酒都可以!"他沉郁地说,"我保证不醉!"韶青无可奈何地拿来了酒杯和酒,一瓶最淡的葡萄酒,他看看酒瓶,笑笑说:"你们好像只有葡萄酒。"

"我不想让你醉。""你不知道,真正醉于酒的人很少,人会醉,只因为自己心理不平衡。你去锡口参观一下,那儿的人没有喝酒,个个都醉。""锡口?"她不懂他在说什么。"锡口疯人院。"他说,"我去那儿参观过,还写过一篇特稿,有个房间里住了二十几个人,属于没有危险性的、病状轻微的病人。其中有个老人给我印象深刻,他笔直地站在墙角,把一只手伸在前面,动也不动,已经站了好几个小时了。医生说他一进医院就是这样,因为他以为自己是一盏路灯。我看他的手举得那么久，等他手酸了，我走过去问他：'你在做什么？'他答：'我不能动，我是路灯。'我故意在他手下张望了一下，说：'路灯怎么没有灯泡呢？'他说：'灯泡坏了，用得太久，已经坏了。'我说：'那么，你就不要当路灯吧。'他悲哀地说：'不行，我是一盏不亮的路灯。'"黎之伟住了口，倒满酒杯，抬起头来面对韶青："你瞧，疯子有疯子的哲学，我不知道他一生遭遇了些什么事。但深深体会到他的悲哀，一盏必须站在那儿，忍受风吹日晒，而不亮的路灯。后来，我很想以这个题材写一篇东西，题目就叫'不亮的路灯'。"

"你写了没有？"韶青关怀地问。

"我没写。因为几个月后，我再去锡口，那老人已经不在了，我问医生：那盏路灯呢？旁边有个年轻小伙子躺在床上，一本正经地说：路灯被台风吹倒了。我问那年轻小伙子：你躺在这儿干吗？他对我很认真地说：'如果我不躺下来，台风也会把我吹倒的，我是倒地的路灯。'"他喝了口酒，看着韶青："后来我问医生，怎么路灯病还会传染呢？医生说，那小伙子送进来的时候，神志不清，胡言乱语，后来居然崇拜起那盏路灯来，还曾经爬上屋顶，把灯泡拆下来，硬要装到那老头的手上去。然后有一天，老头终于倒下来死了，这年轻人也倒下了，变成了一盏倒地的路灯。"

韶青有些难过，这故事影响了她的情绪，她抑郁地望着他,抑郁地问:"为什么告诉我这些?"

"随便谈谈而已。"黎之伟说,"人的内心,是个永远不可解的谜,深不可测。所以世界上会发生许多怪事,你知道那母亲为什么要烧死自己的孩子?因为爱,她爱他们,不忍心丢下他们一个人走,就干脆来个'要死一起死'。"

"你看了这么多事情,想过这么多问题,你应该是个把人生看得很透很透的人了?"

"真能把人生看透的,是神,而不是人。"黎之伟注视着她,"说实话,我从没把人生看透!从没有。一个看透人生的人是四大皆空的,名利爱情婚姻都可不要,而我呢?我在挣扎,抢新闻,抢写稿,名、利、爱情我都要。你和迎蓝,总是鼓励我振作、奋斗,振作奋斗是在追求什么?成功?怎样就算成功?有名有利有事业?你瞧,韶青,你也不是一个能把人生看透的人,那个倒地的路灯,可能反而把人生看透了,反正站起来也会倒下去,灯亮过了也会熄灭。不如干脆灯也别亮,就躺在那儿吧!""你说得很消极。""不,我没看透人生,不算消极。"他振作了一下,坐正了身子。"好,把你没说完的话说完,你说阿奇回来了。然后呢?迎蓝把他赶出去了吗?"

韶青默默地瞅着他,沉默不语。

"那么,"他用手摸着胡子,眼光更阴沉了,"她原谅了阿奇,跟他和好如初了。那么,她要嫁进萧家,做萧家第二个儿媳妇了。你瞧,韶青。人类多现实,迎蓝昨天还问我要不要她?""你并没有说要她,"韶青低低地说,用舌头舔了舔干燥的嘴唇,"你告诉过我,你对迎蓝忘不掉阿奇很愤怒,但你并没有爱上迎蓝。""你错了。"黎之伟一个字一个字地说,"我爱上了迎蓝!"

"什么?"韶青吃惊地问,"你爱她?你真的爱她?出自内心地爱她?像当初爱采薇一样地爱她?"

"我爱她,因为她被萧人奇所爱!"他沉稳地说,把酒杯重重地放在桌上,站起身来,"好,告诉我她现在在什么地方?萧家吗?"韶青奔过去,用双手抱住他的胳膊。

"阿黎!"她又紧张,又伤心,又着急,"你千万别做会让你终身后悔的事!你放了他们吧!饶了他们吧!不管怎样,阿奇和迎蓝都没有做对不起你的事!真对不起你的,只有一个祝采薇,而你昨天,也已经原谅她了!"

"我并没有原谅祝采薇,"黎之伟咬牙说,额上的青筋在跳动,眼里冒着火,"只是,再见到采薇,我发现她变了,变得成熟,变得会说话,变得高贵文雅……她不是我的采薇了,她是萧家的采薇了!我发现……我不能再爱她了。我以为她的婚姻会很不幸福,她会是个可怜兮兮的、瘦弱苍白的小女人,我完全错了。她幸福,她快乐！她唯一的不幸福，是我的不幸福；她唯一的不快乐，是我的不快乐！这对我是很厉害的当头一棍，换言之，如果我不增加她的心理负担，她是很幸福很快乐的！不，韶青，我没原谅采薇，只是不爱她了！""不爱她，还恨她？"韶青喃喃地说。

"也不恨她，我恨萧家！"他再咬牙咬得牙齿发响，"我恨那兄弟两个！我恨迎蓝不争气，她居然又向萧家低头……我……我找他们去！"韶青死命拉住他的胳膊，眼中含泪了。

"你不爱迎蓝，何苦去破坏他们？你何苦？你何苦？你去了对你自己有什么好处？"

"要死大家一起死！"他叫着，眼白涨红了，声音变粗了。举起酒瓶，他把半瓶酒都倒进了嘴里。酒从嘴角溢出来，溅满了衣裳。韶青又惊又急又怒又伤心，她一把握住了酒瓶，死命要抢过去。黎之伟恼怒地把她一推，她站不稳，摔倒在地毯上，他灌完了酒，把空酒瓶扔在沙发上，转身就要往外走。韶青爬起来，半跌半摔地冲到门边，拦门而立，哭喊着："你要干什么？你想想清楚！萧家从头到尾就在让你！你以为他们会怕你吗？论打架，萧家自己不动手，他们手下的人就可以把你揍得半死！论杀人，你的手握笔还有点力量，握刀根本就不及格！论道理，人家有权追求未婚小姐，你根本就在无理取闹……""住口！"他大喊，"你也帮他们！你也骂我！"他举起手来，就狠狠给了她一耳光。

她被打得头都晕了，耳朵里一片尖鸣，嘴中有了咸味。她没动摇，仍然拦门站着，仍然死盯着他，仍然泪眼凝注，她放低了声音，一个字一个字地说：

"迎蓝不是你的女朋友，她始终是阿奇的！"

"她现在是我的！"他暴怒地叫，"我已经把她从阿奇手里抢来了，好大胆的阿奇，居然要再从我手里抢走！"

"你在自说自话！迎蓝没有爱过你！"

"她爱的！"他大叫，因内心受伤而暴怒如狂，"她要嫁给我，她问我要不要她！她爱的是我！"

"你明知道不是！"她残忍地点醒他，"她为了赌气想嫁你，你为了报复想娶她，你们两个谁都没爱上谁。她不爱你，黎之伟，她喜欢跟你在一起，可以排遣她对阿奇的思念，这不是爱……她把你当一种填充物……"

"你住口！住口！"他昏乱地大喊，"你是个什么怪物，在背后如此残忍地批评你的好友，你……"

"我不是批评……"韶青打断了他。

"滚！"他吼着，又给了她一耳光。

她跌倒下去，坐起来，她背靠在门上，依然用全力拦住那扇门，虽然她已经在眼冒金星、浑身冷汗。

"你是个疯子，"她说，"你该进锡口疯人院去！"

"好，我是疯子。"他斜着眼睛，皱着眉头，一脸的狰狞，"疯子不为自己的行为负责，我要去放火把萧家烧掉！你走开！走开！"她匍匐在地上，用力抱住了他的腿。

"我求你不要去！我请求你不要去……"

他用力想拔出自己的腿来，但她抱得紧紧的。他暴怒到了极点，低下身子，他一把揪住韶青的头发，把她的头拉得仰了起来。那张脸又是血又是泪又是汗，眼光却坚定不移地盯着他，他从来没看过这种不顾一切的坚决，他几乎有点眩惑，但是，怒火仍然疯狂地燃烧着他，从内心深处一直烧出来，烧痛了他每根神经、每个细胞。

"你为什么这样帮着萧家？"他狂怒地大吼，"难道你也爱上了萧家的什么人？所以，你这样千方百计地拦阻我，你怕我伤害他们？是吗？你也爱上了阿奇吗？你想和迎蓝效法娥皇女英是不是？"泪珠从她的眼中滚落，连汗带血地往下淌。

"我不怕你伤害萧家人，"她清晰、悲切地低语，"我怕你伤害你自己！你一直是个虚张声势的人，你伤害不了别人，只会伤害自己。""你这样轻视我？""这不是轻视，而是了解。我也没爱上萧家任何人，我只是——爱上了你。"他大大一震，低头看她。

"你不必这样来哄我。"他说。

"我不哄你，我为自己悲哀，你没正眼看过我，你心里只有采薇和迎蓝，而我，为了你的一句话，和驾驶员分手，我以为有一天，你也会像我一样，拔慧剑，斩乱麻,把以前种种,都完完全全地抛开。那么,你会注意到我了,虽然只是你身边的一个小配角,平凡,不会发光,不会发亮,但是却静静地依偎着你,愿意跟你上天入地……不,我不再说了,换了迎蓝,她决不会说这些话。我说了,你可以骂我不知羞耻!可以把我一脚踢开,也可以再给我一记耳光。不过,我说的句句实言,假若你仍然要迎蓝或采薇,你就从这道门里出去,我和你也从此一刀两断,我再不过问你的任何行动。你要放火杀人,或者别人要杀你,我都不管!如果你对我还有一丝丝、一点点的好感,那么,留下来,留下来和我在一起,从此,把你以往的爱和恨,都抛到九霄云外去!"

　　黎之伟怔住了,这篇长长的告白,整个撼动了他。他站在那儿,韶青匍匐在他脚下,紧抱着他的腿,诉说对他的爱情,这多不真实!多不真实!他几乎只有被"抛弃"的经验,还没有被争取的经验。他低头注视韶青,那被泪水、汗水和嘴角的血液弄脏了的脸。血,是的,他打了她,打了这个唯一爱他的女人。不,他摇头,她在骗他,这不太可能!黎之伟生来是为受苦,不是为被爱!他凝视她,眼前看到的,是围着围裙、端着菜盘、满屋子旋转的女人。是那双女性的手,捧上一杯葡萄酒!是那永远笑脸迎人,风度翩翩的女孩!

　　他放开了她的头发,用手指轻抚她的泪痕,一直抚摸到她的嘴角,怜惜地、震动地去轻触那血渍。然后,他想也没想，就跪了下来，抱紧她，把嘴唇紧压在那流着血的嘴唇上。

好半天，他放开她，心里绽放着一片耀眼的光华，一种崭新的喜悦，一种崭新的温柔，一种崭新的激动，就把他紧紧包住。在这一刻，他忘了阿奇，忘了迎蓝，忘了人仰，忘了萧家。甚至，忘了采薇。

韶青用手轻轻地整理他的头发，她摸着那乱发，摸着那粗糙的脸颊，再摸着那络腮胡子。

"你有很漂亮的胡子！"她说。

"哦，"他一怔，说，"你不喜欢我的胡子！你这儿有胡子刀吗？我马上剃掉！""我没有胡子刀，"她笑着，那么温暖、宁静而幸福的笑，"我喜欢你的胡子，你不用剃掉，当我见你第一面的时候，我看不清你的脸，只看到你满脸大胡子，那时，我就想：这大胡子多性格、多怪异啊！现在想来，可能那时我就喜欢你了。如果你剃掉胡子，说不定我还不认识你了呢！"

他一瞬也不瞬地看她，忽然低问："你是真心的？""什么真心的？"她不解，"胡子吗？我真心不要你剃，当然，假如你自己想剃，我也不干涉。"

"我不是说胡子。"他盯紧了她，"你瞧，我是这样一个愤世嫉俗的孤魂野鬼，你真的爱我？"

她把面颊紧贴上去，依偎着他那粗糙的脸。

"我没骗你，如果你要我，我们明天就去结婚！但

是,我担心的是,你没注意过我,是我倒追你的,几天之后,你就会对我厌倦了!"他用双手捧住她的头,热烈地盯着她:

"阿青,我居然没追过你?"

"你没有。""你确定没有?""我确定没有!""唉!"他低低叹息,嘴里轻声地叽咕着,"人,多么容易忽略在手边的珍宝!"抬起头来,他认真地说:"我现在开始追你,行吗?""你晚了一步。"她巧笑嫣然。

"怎么?"他大惊,"又晚了一步?"

"是啊!"她笑着,"我已经先追了你了!"

他大笑。多么难得看到他这样开怀的大笑啊!她满心舒畅,满怀感动地凝视着他。他笑完了,忽然间,他站起身子,把她也从地上扶起来,很坚定地说:

"你去洗洗脸、梳梳头,我们要出去。"

"去哪儿?"她惊问,看看手表,"都已经十点多钟了!"

"去萧家!"他简单明了地说。

"萧家?"她大惊失色,"我以为——你已经放弃这个念头了!我以为——你再也不会去找他们麻烦了!你怎么还是要去萧家?""我和他们家的问题并没有完!我还是要去!"

"你——"她生气了,咬着牙狠狠地瞪着他,"你去吧!去吧!去了别再回来!我永远不要见你!"

"我就知道你会这么说,"他走过去,拉住她的手,拖向浴室,"你快些梳洗,我带你一起去!"

"我不去!""你要去的!"他对她深深凝视,唇边带着个怪异的笑,"万一我被人家打死了,你总得帮我收尸呀!"

她跺脚,又气又急:"你……"他吻住她。半晌,抬起头来。冷静、坚决、毫不动摇地说:"准备一下,在他们没散会以前,我们要赶过去!如果我不去萧家算清这笔账,我终生也不会平安!"

第九章

萧家仍然在一片笑语喧哗中。

晚餐结束得很晚，吃完晚餐，大家都散坐在客厅中，继续着饭后的话题。萧太太一直拉着迎蓝的手问东问西，问她台中家里有些什么人，问她父母的生活情况，问她小时候的故事，又问她的出生年月日，问得阿奇不耐烦了：

"妈，你总不至于要帮我们合八字吧？至于迎蓝的家庭情况，当初来达远应聘时，已经记载得清清楚楚了。"他忽然想起什么，转向萧彬，"爸，你该开始征聘新的女秘书了！"

迎蓝微微愣了愣，当初豪语"不嫁萧家人"的话如在耳边，怎么还是投进了萧家呢？

"不忙不忙，"她红着脸说，"我做得好好的，为什么要换秘书？""你帮帮忙好不好！"阿奇盯着她，"圣诞节以前，我们要结婚。""都听你的吗？"迎蓝低着头，挑了挑眉毛，"我还没考虑清楚，要不要嫁你呢！""哎呀！"阿奇失口大叫，"你怎么又来了？你折磨我还没折磨够吗？"他坐到她身边去，焦急地说："我们早点结婚，你也让我早点定下心来，好不好？"

"那么，琴恩怎么办呢？"她哼着。

"琴恩？"他一愣，"什么琴恩？"

"你那个中美混血的未婚妻啊！"迎蓝说，"不要告诉我，你根本忘记这个人了！""哦！"阿奇抓抓脑袋，"我不是跟你说过了吗？那是捏造出来骗你的！琴恩是我一个朋友的女朋友。噢，你在找麻烦，妈，你帮我对她说说好话吧！"

萧太太真的握住迎蓝的手，又拍她的肩，又抚弄她的头发，简直不知道把她疼爱成什么样才好。她一连声地、低声下气地说："好了，迎蓝，你就原谅了他吧！你想想，他虽然左一次骗你、右一次骗你，还不都是为了爱你？咱们这个狂小子，还从没有这样认真、这样受苦过！瞧瞧，两个人都被磨得那么瘦，快点结婚，也快点长点肉呀！"

"迎蓝，"采薇笑着插嘴了，"你也别再矫情了，是谁淋着大雨满街乱跑啊？现在又说要考虑考虑了！"

迎蓝抿着嘴角，要忍住笑。

"而且,"萧人仰也插了进来,"你那曾孙子阿怪都晓得曾爷爷给曾奶奶剥螃蟹壳了!"

迎蓝忍不住笑了出来,这一笑,就把满屋子都逗笑了,也等于承认年底要结婚了!萧太太直着喉咙喊:

"阿娟!阿娟!把那本皇历拿来,我要选个日子!"

"是!"阿娟飞奔着,取来了皇历。

萧太太翻皇历,好几个脑袋都伸了过去,帮忙选日子,大家高兴得都像小孩,又说又笑又跳。迎蓝含羞带笑,坐在那儿沉思不语。萧彬走过去,对太太大声说:

"别忘记一件重要事情,我们星期天要去一下台中。"他回头看迎蓝,习惯性地交代"女秘书":

"记得订车票,还要备份礼。你知道夏先生夏太太喜欢些什么吗?"迎蓝微笑着低下头去,阿奇这才被提醒,对着自己脑袋就是一巴掌:"我真糊涂!"他大喊,"爸、妈,你们晚一步去,我该先去一次台中。迎蓝,"他抓她的手,"我们明天就去台中吧!"他摸摸衣领又摸摸头发,已经开始紧张。"你说,你爸爸是怎样的人?我该穿随便一点还是讲究一点,我该说些什么……""我爸爸很严肃,"迎蓝开口了,笑吟吟的,"他在中学教语文,很典型的老师。我姐姐结婚以前,我姐夫来我家,我爸要他背《诗经》。""背什么?"阿奇吓了一大跳。

"《诗经》,当然不是背整本,我爸提第一句,他就得把下面的背出来。背完《诗经》,再背《唐诗三百首》……"

"喂喂,"阿奇大急,伸长脖子去看迎蓝,"我不是他的学生呀!我也不考诗词呀!喂喂,迎蓝,你得帮我说个情,我对这些古人的玩意不大行……"

"那么,"迎蓝沉吟着,"或者,我可以说服爸爸,问你一些比较近代的东西,例如《胡适文存》啦,《朱自清传》啦,徐志摩的诗啦……""有了!"阿奇终于喊了起来,"我知道一首徐志摩的诗,叫《偶然》,什么天空有一片云啦,偶然照着我的心啦,还有,还有……嗯……"他歪着头在思索。

迎蓝看着他,大大摇头。

"你连一首《偶然》都背不好!'我是天空里的一片云,偶尔投影在你的波心'……""你会背?"阿奇像抓到救星似的,"可不可以由你代我考呢!""你少糊涂了!"迎蓝笑着骂,"你最好从今天晚上起,死磕《诗经》和《唐诗三百首》。不过,我爸说不定也会要你背背《十八家诗抄》或者是《宋六十名家词》……"

"喂喂,"阿奇抓耳挠腮,像只毛躁的猴子,"你爸怎么这样古怪啊!""还没见到我爸,你就开始骂人了。"迎蓝说,"我爸教了一辈子书,满脑子满肚子都是书,和你谈话,当然都是问你一些中国文学,人家又不会刁难你,你是大学毕业生,他问些高中教材,你还有答不出的?"

"我又不参加大专联考!"阿奇怪叫。

"啧啧啧,"迎蓝咂嘴,斜睨着他,"你比我姐夫差多了!"

"我就不相信他又能背《诗经》,又能背《唐诗三百首》,还有十八家六十家的东西!""他倒没背那么多,"迎蓝慢吞吞地说,"因为他和我爸争辩起刘梦得的诗,大谈刘梦得文集,后来又把元微之的诗倒背如流,我爸最喜欢元微之,一高兴,就把我姐姐嫁给他啦!""刘……刘什么?"阿奇赶紧问。

"刘梦得。""刘梦得是什么东西?"

迎蓝的头摇得更凶了。满屋子的人都看着她发呆,怎么都没想到迎蓝父母这一关会如此难过。

"你怎么连刘梦得是谁都不知道?"迎蓝皱着眉问。

阿奇掉头看人仰:"人仰,你知不知道刘梦得?"

"八成是个作文章的人。"萧人仰说。

"你真聪明。"阿奇说,"我也晓得是个作文章的人,只是不晓得他作了些什么。""那么,"迎蓝说,"你一定知道他死于哪一年?"

"嗯,哼!"阿奇哼着,"他死了吗?他什么时候生病的我都不知道!"迎蓝忍不住笑了起来,满屋子都笑了起来,大家又嘻嘻哈哈地笑得好开心,迎蓝边笑边说:

"刘梦得就是刘禹锡,唐代人!"

"哇!"阿奇叫,"我知道刘禹锡,刘禹锡就刘禹锡,你说什么刘梦得！""刘梦得是刘禹锡的字！"迎蓝叫，"那么，你知道独孤及吗？""独孤寂？"阿奇叹气，"这个人真可怜！"

"你知道他？"迎蓝兴奋了，"说说看，或者，你先和我爸谈独孤及，我爸一听，你连独孤及都知道，别的就不问了。"

"独孤寂！"阿奇睁大眼睛，"真可怜，他已经又独，又孤，还带寂寞，岂不是可怜极了！"

迎蓝惊愕得挑起了眉毛，然后就用手蒙住脸，笑得眼泪都快出来了。全家没有一个人知道独孤及是什么人，看到迎蓝笑，也知道阿奇在胡说八道，大家就跟着笑。萧太太不忍心儿子出丑，用手按住迎蓝的肩，为阿奇说起情来：

"迎蓝，你回去跟你爸爸先说好，别考他啦，他学政治，要考呢，考点政治上的玩意，要不然，考他点贸易啊、经济啊、会计啊……都可以。"

"不行呀！"迎蓝一脸天真相，"我爸常说，不论学什么，不可忘记自己是中国人，中国人就该知道中国文学。我姐夫是学土木工程的，他也会……"

"你不要口口声声你姐夫你姐夫的了！"阿奇打断了她，有些恼羞成怒了，"我知道你姐夫天文地理、文学音乐，无所不通……喂，"他皱皱眉，"你姐夫？你姐夫？哎呀，"他忽然瞪大眼睛，"你明明是家里的老大，你连姐姐都没有，哪儿跑出来的姐夫？哎呀，爸，妈！我们都被她骗啦！"他跳起来要抓她。迎蓝大笑起来，躲到萧太太怀里去了，一边笑，一边喘，一边说："谁叫你一天到晚骗人呢！人家当然也要骗骗你！"

大家你看我、我看你，再看那笑成一团的迎蓝，就都忍不住笑开了。一时间，满屋子都是笑，迎蓝想到他的"独孤及"就更加笑得厉害。阿奇瞅着她，那样亲热地躺在萧太太怀里笑，他心中感动极了，嘴里还在乱嚷："笑！笑！笑！这一辈子都会被你笑死！笑，笑，笑，就那么好笑！"就在这一团笑闹声中，门铃响了。

大家对门铃都没有注意，仍然在笑。阿娟跑去开了门，她并不认识黎之伟，也不认识李韶青，看来客都很年轻，直觉地认为是阿奇他们的朋友，她问也没问，就带着两位客人走进客厅，一面笑着喊："又有客人来啦！"迎蓝慌忙从萧太太怀中爬起来，大家抬头的抬头，转身的转身，顿时间，笑声像变魔术般停住了。

黎之伟拦门而立，月光在他的身后闪耀着一片银白，把他烘托得像个黑色的剪影。他慢慢地走进房间，韶青亦步亦趋，迎蓝紧张地看韶青，后者只是注意着黎之伟，对室内任何人都没看。采薇下意识地靠紧了萧人仰，人仰把她推到自己的身后，像个保护神似的拦在她前面。阿奇站直了身子，挺立在那儿，一瞬也不瞬地注视着黎之伟。一时间，房间里好安静好安静，安静得出奇。

黎之伟环视四周，锐利的眼光从每一个人身上掠过去。随着他的眼光，采薇痉挛了一下，迎蓝微微皱了皱眉，阿奇和人仰都一副备战的态度，萧彬夫妇只是沉默地等待那即将来临的风暴。"很好，"黎之伟开了口，冷峻而严肃地点点头，"我来得正是时候，你们全在这儿！"

听出他语气的森冷，阿奇往前跨了一步。

"黎之伟，"阿奇坚定地说，"如果你要找人打架，我奉陪，请不要伤害屋里其他的人！"

黎之伟看了他一眼，动也没动，像尊铁塔，他稳稳地站着，再度环视四周。"阿奇，"他冷冷地说，"你让开，我今天不是冲着你一个人来的！"萧人仰立刻走上前去。

"那么，你是冲着我来的了！"他说，紧盯着他，"你要什么？""我要的东西，你们给不起！"黎之伟骄傲地仰着头，朗朗然、铿铿然地说，"但是，我自己已经有了！我再也不要被你们萧家抢走的东西，也再也不要抢你们萧家的东西了。"他目光灼灼地扫向每个人。"我今天来，是跟你们萧家做一个总了断！不要紧张，"他对握着拳的阿奇说，"我不是来打架，不是来抢人，更不是来杀人放火！我是来告诉你们，你们这些人里面，有的爱过我，有的恨过我，有的想念过我，有的咒骂过我……我今晚来告诉你们，所有的爱与恨、牵挂与愤怒，现在统统没有了。你们不必再防备我，不必再怕我，更不必再可怜我！我曾经以为萧家是大富人家，用你们的富有来达到你们任何目的。今晚，我才发现，我和你们一样富有！你们有的东西，我都有！我何必恨你们？我何必要报复？从今以后，无恨无怨，无仇可报，我和你们萧家，所有一切的老账，全部一笔勾销！"大家都瞪着他，都不信任地望着他，也不了解地望着他。只有韶青，眼里闪烁着一片温柔而灿烂的光华，静静地看着他。于是，迎蓝第一个明白过来，爱情创造了奇迹！眼前这个黎之伟，再也不是拿刀顶着她脖子的那个人了！再也不是让全家提心吊胆的那个人了！她从沙发深处站了起来，不由自主地走向黎之伟，不由自主地伸出手去，不由自主地喃喃低语："阿黎，恭喜！"黎之伟眼中闪亮了一下，把她的手推给阿奇。

"不要伸错了方向！"他警告地说，自己的手握住了韶青的。他又转向大家，朗声说："祝你们每个人有每个人的幸福，我走了！"他牵着韶青的手，昂然转身，预备离去。

"黎之伟！"阿奇大喊，"喝杯酒再走！"他回头喊阿娟："阿娟，去拿楼上那瓶一九二〇年的白兰地！就是我藏在书房里的那瓶。"阿娟奔上楼去拿酒。黎之伟瞪视着阿奇。"想跟我比酒量？"他问。

"不敢。"阿奇朗声说，"只想跟你干一杯！"

阿娟拿了酒和酒杯下楼，阿奇开了瓶，酒香四溢，

满屋都充满了那浓郁的酒味。黎之伟深深呼吸,大声说:
"好酒!"

阿奇注满了两个人的杯子,对黎之伟举杯说:
"干!"

两只酒杯在空中轻轻一碰,那叮然一声,像是世界上最美妙的音乐;那轻微的撞击,像是人类心灵与心灵的撞击,迎蓝几乎可以看到那撞击下的火花,像焰火似的满屋迸洒。阿奇和黎之伟各一仰头,酒到杯干,两人亮了亮杯子,黎之伟放下酒杯,开怀大笑:"哈哈哈!两年多来,这是我第一次喝到这么痛快的酒!"

转过身子,他挽住韶青,一边长笑着,一边飘然而去。韶青倚在他的臂弯里,自始至终,没有说过一句话。

好一会儿,房里仍然静悄悄的。终于,阿奇大声说:
"让我们都干一杯酒,好不好?"

大家霍然一声附议着,纷纷去拿酒杯。

许多酒杯举了起来,灯光透过酒杯,发出炫目的光华。酒杯与酒杯相撞,是无数的火花,无数的焰火。室内似乎被那迸洒的火花,照耀得万丈光芒。

——全书完——

一九八〇年八月十一日夜初稿完稿于可园
一九八〇年八月二十七日夜修正于可园

（京权）图字：01-2024-1726

图书在版编目（CIP）数据

却上心头 / 琼瑶著. -- 北京：作家出版社，2024.10
（琼瑶作品大合集）
ISBN 978-7-5212-2886-1

Ⅰ.①却… Ⅱ.①琼… Ⅲ.①长篇小说-中国-当代 Ⅳ.①I247.5

中国国家版本馆 CIP 数据核字（2024）第 098109 号

版权所有 © 琼瑶
本书版权经由可人娱乐国际有限公司授权作家出版社出版简体中文版
非经书面同意，不得以任何形式任意重制、转载。

却上心头

作　　者：	琼　瑶
责任编辑：	张　平
装帧设计：	棱角视觉　纸方程·于文妍
出版发行：	作家出版社有限公司
社　　址：	北京农展馆南里 10 号　　邮　　编：100125
电话传真：	86-10-65067186（发行中心）
	86-10-65004079（总编室）
E-mail：	zuojia@zuojia.net.cn
http：//www.zuojiachubanshe.com	
印　　刷：	北京盛通印刷股份有限公司
成品尺寸：	142×210
字　　数：	103 千
印　　张：	5.5
版　　次：	2024 年 10 月第 1 版
印　　次：	2024 年 10 月第 1 次印刷
ISBN 978-7-5212-2886-1	
定　　价：	28.00 元

作家版图书，版权所有，侵权必究。
作家版图书，印装错误可随时退换。

品琼瑶经典

忆匆匆那年

琼瑶作品大合集

1963 《窗外》
1964 《幸运草》
1964 《六个梦》
1964 《烟雨蒙蒙》
1964 《菟丝花》
1964 《几度夕阳红》
1965 《潮声》
1965 《船》
1966 《紫贝壳》
1966 《寒烟翠》
1967 《月满西楼》
1967 《翦翦风》
1969 《彩云飞》
1969 《庭院深深》
1970 《星河》
1971 《水灵》
1971 《白狐》
1972 《海鸥飞处》
1973 《心有千千结》
1974 《一帘幽梦》
1974 《浪花》
1974 《碧云天》
1975 《女朋友》
1975 《在水一方》
1976 《秋歌》
1976 《人在天涯》
1976 《我是一片云》
1977 《月朦胧鸟朦胧》
1977 《雁儿在林梢》
1978 《一颗红豆》
1979 《彩霞满天》
1979 《金盏花》
1980 《梦的衣裳》
1980 《聚散两依依》
1981 《却上心头》
1981 《问斜阳》

1981 《燃烧吧！火鸟》
1982 《昨夜之灯》
1982 《匆匆，太匆匆》
1984 《失火的天堂》
1985 《冰儿》
1989 《我的故事》
1990 《雪珂》
1991 《望夫崖》
1992 《青青河边草》
1993 《梅花烙》
1993 《鬼丈夫》
1993 《水云间》
1994 《新月格格》
1994 《烟锁重楼》
1997 《还珠格格第一部1阴错阳差》
1997 《还珠格格第一部2水深火热》
1997 《还珠格格第一部3真相大白》
1997 《苍天有泪1无语问苍天》
1997 《苍天有泪2爱恨千千万》
1997 《苍天有泪3人间有天堂》
1999 《还珠格格第二部1风云再起》
1999 《还珠格格第二部2生死相许》
1999 《还珠格格第二部3悲喜重重》
1999 《还珠格格第二部4浪迹天涯》
1999 《还珠格格第二部5红尘作伴》
2003 《还珠格格第三部天上人间1》
2003 《还珠格格第三部天上人间2》
2003 《还珠格格第三部天上人间3》
2017 《雪花飘落之前——我生命中最后的一课》
2019 《握三下，我爱你——翩然起舞的岁月》
2020 《梅花英雄梦之乱世痴情》
2020 《梅花英雄梦之英雄有泪》
2020 《梅花英雄梦之可歌可泣》
2020 《梅花英雄梦之飞雪之盟》
2020 《梅花英雄梦之生死传奇》